JOAQUIM NABUCO NO MUNDO

Abolicionista, jornalista e diplomata

Leslie Bethell

JOAQUIM NABUCO NO MUNDO

Abolicionista, jornalista e diplomata

BEM-TE-VI PRODUÇÕES LITERÁRIAS

❀ PREFÁCIO ❀

Joaquim Nabuco foi uma figura dominante na vida literária, intelectual e política brasileira na última fase do Império e, após 1889, nas duas primeiras décadas da República. Entretanto, passou quase metade da sua vida adulta fora do Brasil: um total de 18 anos e meio, entre 1871, quando completou 21 anos, e sua morte, em 1910, aos 60 anos. Dois terços deste período foram passados na Europa – a maior parte do tempo em Londres, onde morou em nove ocasiões distintas, mas também em Paris e Roma – e um terço nos Estados Unidos, entre Washington e Nova York. Profundamente engajado nos debates literários, intelectuais e políticos da época, tanto na Europa e nos Estados Unidos quanto no Brasil, ele foi o que se chamaria hoje de intelectual público. Foi também um raro exemplo, no período anterior à Primeira Guerra Mundial, de figura pública transnacional, originário de um país situado na periferia do sistema mundial.

Meu interesse sobre a vida e as ações de Joaquim Nabuco fora do Brasil e o seu pensamento sobre o lugar do Brasil no mundo começou há quatro décadas. No arquivo particular de Nabuco, na casa do seu filho Maurício, no Rio de Janeiro, pesquisei sobre a abolição da escravidão no Brasil, e descobri parte da sua correspondência com Charles Allen, o secretário-geral da *British and Foreign Anti-Slavery Society*, em Londres. Arquivo este que foi entregue, posteriormente, aos cuidados da Fundação Joaquim Nabuco, no Recife. Mais tarde, no arquivo da *Anti-*

-Slavery Society na *Bodleian Library*, na Universidade de Oxford, encontrei outra parte da correspondência entre Nabuco e Allen. Já em 2006-7, meu amigo José Murilo de Carvalho, com o apoio da Academia Brasileira de Letras, foi Professor Visitante da Cadeira Machado de Assis no Centro de Estudos Brasileiros em Oxford, do qual eu era diretor. Foi por sugestão dele que decidimos publicar juntos, em inglês e com tradução em português, a correspondência de Nabuco com os abolicionistas britânicos de 1880 até 1905. Ao longo dos últimos anos, desde a publicação deste livro pela Topbooks e a Academia Brasileira de Letras, em 2008, escrevi vários artigos sobre Joaquim Nabuco, alguns por ocasião do centenário do seu falecimento, celebrado em 2010. Também organizei a primeira edição em inglês de *Minha formação*, a autobiografia literária e intelectual de Joaquim Nabuco (*My Formative Years*, publicada pela Signal Books, de Oxford, em associação com a Bem-Te-Vi Produções Literárias, em 2012; versão para o inglês de Christopher Peterson). Em 2013, com José Murilo de Carvalho e Cícero Sandroni, publicamos as correspondências jornalísticas de Nabuco: *Joaquim Nabuco, Correspondente Internacional, 1882-1891*, em 2 volumes, uma edição da Academia Brasileira de Letras e da Global Editora, de São Paulo.

Os quatro capítulos deste livro são versões revisadas e muito ampliadas de meus artigos e ensaios sobre Joaquim Nabuco no mundo. A introdução (Capítulo 1) descreve seus períodos de residência na Europa e nos Estados Unidos, desde a primeira visita à França, Suíça, Itália e Inglaterra em 1873-4, aos 24 anos, até a fase como embaixador do Brasil em Washington (1905-10). Seguem-se três ensaios que examinam, respectivamente: em primeiro lugar (Capítulo 2), seu papel como principal abolicionista brasileiro e sua participação na abolição definitiva da escravidão no Brasil, em 1888, com alguma ênfase na comparação com a escravidão e abolição nas Américas e nos esforços de Nabuco, durante a década de 1880, para mobilizar a opinião internacional em defesa da causa abolicionista no Brasil. O segundo ensaio (Capítulo 3) aborda sua atividade como correspondente estrangeiro em Londres, em diferentes ocasiões, entre 1881 e 1892, para três jornais cariocas: *Jornal do Commercio*, *O Paiz* e *Jornal do Brasil*, bem como para o *La Razón*, de Montevidéu. Nabuco chamou a atenção do público brasileiro para questões principais da política britânica e internacional da época – a reforma política inglesa, a Questão Irlandesa, o Egito, o Sudão e a África do Sul, além das relações entre as grandes potências europeias. Por fim, o terceiro ensaio (Capítulo 4) se interessa por Nabuco no papel de diplomata e homem de Estado, e, sobretudo, por suas opiniões sobre as relações do Brasil com a Europa, com a América Espanhola e, principalmente, com os Estados Unidos.

Algumas partes dos capítulos foram originalmente escritas em inglês, outras partes em português. Gostaria de agradecer a Fernanda Rangel de Paiva Abreu pela tradução do inglês para o português e a Sônia Sant'Anna pelo *copydesk* final. Maria Eduarda Marques leu todo o texto e fez valiosas críticas. Agradeço, por último, à Bem-Te-Vi Produções Literárias, especialmente a Sebastião Lacerda, Liana Pérola Schipper e *last but not least* Vivi Nabuco, que sempre encorajou meu interesse pela vida e obra do seu avô.

Leslie Bethell é Professor Emérito de História da América Latina, e ex-diretor do Instituto de Estudos Latino-Americanos (1987-92), na Universidade de Londres; *Fellow* Emérito do *St. Antony's College*, e ex-diretor do Centro de Estudos Brasileiros (1997-2007), na Universidade de Oxford. Ele é autor de livros sobre a história política, social e cultural da América Latina, especialmente do Brasil, nos séculos XIX e XX, e organizador da *Cambridge History of Latin America* publicada em 12 volumes pela Editora da Universidade de Cambridge, 1984-2008, também publicada em espanhol, chinês e português (pela Editora da Universidade de São Paulo). Atualmente, é sócio correspondente (um dos vinte membros estrangeiros) da Academia Brasileira de Letras e Professor Visitante do *Brazil Institute*, no *King's College*, Londres. Vive no Rio de Janeiro.

❁ CAPÍTULO I ❁

*Introdução: Joaquim Nabuco na Europa e nos Estados Unidos**

Joaquim Nabuco nasceu em 19 de agosto de 1849 no Recife, capital da província e depois estado de Pernambuco, em uma região caracterizada desde o século XVI pela produção em larga escala de açúcar para o mercado europeu e pela mão de obra escrava africana. Passou os primeiros oito anos da infância em Massangana, engenho de propriedade de sua madrinha Ana Rosa Falcão de Carvalho, em Cabo de Santo Agostinho, 50 quilômetros ao Sul do Recife. Em 1857, com o falecimento de Dona Rosa, o menino foi morar com os pais no Rio de Janeiro, onde, aos oito anos, conheceu pela primeira vez o pai, José Thomaz Nabuco de Araújo Filho, proeminente advogado e político do Império. De 1864 a 1865, estudou no Colégio Pedro II, um dos melhores da cidade, e em seguida nas duas melhores instituições de ensino superior brasileiras: a Faculdade de Direito de São Paulo, entre 1866 e 1868, e a Faculdade de Direito do Recife, entre 1869 e 1870.

---

*Este capítulo se refere a alguns trechos do meu artigo "Joaquim Nabuco em Londres", *in Revista Brasileira* (Academia Brasileira de Letras) Ano XVII, nº 68, julho/setembro, 2011. Remete também à minha introdução ao livro de Joaquim Nabuco, *My formative years*. Oxford: Signal Books/Rio de Janeiro: Bem-Te-Vi Publicações Literárias, 2012, a primeira tradução em inglês de *Minha formação* [1900].

Após se formar, em novembro de 1870, Nabuco sentia-se incerto quanto ao rumo que daria à sua vida. Começou a exercer a advocacia, que logo abandonou. Fez alguns trabalhos como jornalista e escreveu artigos para *A Reforma*, publicação da ala radical do Partido Liberal, nos quais defendeu diversas causas liberais, em especial a separação entre Igreja e Estado. Escreveu também seus primeiros livros: *Camões e os Lusíadas* (1872); *Le droit du meurtre* (1872), tentativa de refutar o célebre panfleto de Alexandre Dumas filho, *L'Homme-femme*, sobre o direito de o marido matar uma esposa adúltera; e a coletânea de poemas *Amour et Dieu* (1874).

Apesar de um irrefutável amor pelo Brasil, Joaquim Nabuco era um homem "nascido cosmopolita", atraído desde a juventude pelo mundo fora do Brasil, em especial pela Europa – como ele próprio observou na "autobiografia literária, intelectual e política" *Minha formação* (1900)[1] – que viveria para sempre dividido entre a pátria e o continente europeu: "de um lado do mar sente-se a ausência do mundo; do outro, a ausência do país." Porém, em um trecho famoso que lhe valeu, na época e desde então, numerosas

1 Descrição do livro *Minha formação* (Rio de Janeiro, Garnier, 1900) elaborada pelo próprio Nabuco, no verbete redigido por ele para o *Who's Who*, em 1906. Existem hoje três edições do livro: uma publicada pelo Senado Federal em Brasília, em 1998, com introdução de Gilberto Freyre; uma segunda, publicada em 1999, pela Topbooks, no Rio de Janeiro, com introdução de Evaldo Cabral de Mello; e uma terceira, lançada pela Editora 34, de São Paulo, em 2012, com introdução de Alfredo Bosi. Todas as citações são da edição da Topbooks, de 1999 (14ª ed., 2004).

críticas de seus compatriotas mais provincianos (ou mais nacionalistas), fez uma confidência: "As paisagens todas do Novo Mundo, a floresta amazônica ou os pampas argentinos, não valem para mim um trecho da Via Appia, uma volta da estrada de Salerno a Amalfi, um pedaço do cais do Sena à sombra do velho Louvre."[2]

A primeira visita de Nabuco à Europa se deu em setembro de 1873, aos 24 anos, e durou doze meses. A viagem consistiu sobretudo no que os aristocratas ingleses do século XVIII denominavam a *Grand Tour*, uma introdução à história e à cultura da França e da Itália, mas incluiu também um mês na Suíça e outro em Londres, e representou, conforme escreveu ele em *Minha formação*, uma "metamorfose pessoal... a passagem da crisálida para a borboleta".[3] Para um jovem brasileiro, Nabuco encontrou em Paris uma quantidade espantosa de figuras políticas, intelectuais e literárias importantes, entre as quais se destacam Adolphe Thiers, então recentemente forçado a renunciar à presidência da Terceira República, Henri, conde de Chambord, herdeiro do trono francês, e a escritora George Sand. O ponto alto da visita foi uma conversa com o filósofo e historiador Ernest Renan no apartamento deste último na *rue Vanneau*. "Na minha vida tenho conversado com muito homem de espírito e muito homem ilustre", recordou Nabuco; "ainda não se repetiu, entretanto, para mim, a impressão dessa primeira conversa de Renan. Foi uma impressão de encantamento..."[4]

---

2 ❁ *Minha formação*, *op. cit.* pág. 49.

3 ❁ *Idem*, pág. 46.

4 ❁ *Idem*, pág. 69.

Para a maioria dos brasileiros, admitia Nabuco, Paris era "a paixão cosmopolita dominante em redor de nós". No entanto, "a grande impressão que recebi", escreveu ele em *Minha formação*, "não foi Paris, foi Londres". O rapaz ficou fascinado, encantado pela capital inglesa, centro do poder político e da economia global e imperial, a maior e mais importante cidade do mundo. Amou Londres "acima de todas as outras cidades e lugares que percorri. Tudo em Londres me feria nota íntima de longa ressonância: as suas extensas campinas e os bosques; o movimento atordoador de *Regent Circus* ou *Ludgate Hill*, como os recessos de *Kensington Park*, à sombra do arvoredo secular; os seus dias quentes de verão, quando o asfalto amolece debaixo dos pés, a folhagem se cobre de poeira, e o ar tem o calor seco das termas, como seus deliciosos dias de maio e junho quando... as grandes cestas dos parques se enchem de tulipas e jacintos; as suas noites de luar, que faziam *Park Lane* parecer-me às vezes na névoa, com a sua rua de palácios, um trecho de Veneza [...]; os seus dias escuros e tristes de nevoeiro...; os seus traços de maior cidade do mundo, a esplêndida beleza da sua raça [...]; os mostradores das lojas de luxo de *Piccadilly* e *New Bond Street*, como os *hansons* que paravam em frente; o *Times*, a *Pall Mall Gazette*, o *Spectator* [...]; a tranquilidade dos clubes, o recolhimento das igrejas, o silêncio dos domingos, com a confusão, o movimento, o atropelo em *Charing Cross* e *Victoria Station*, da onda imensa de todas as classes e de todas as idades, que se espalha de Londres, à tarde dos sábados, para as praias de mar, para as casas de campo, para as margens do Tâmisa".[5]

---

5 *Idem*, págs. 86, 90-1.

Nabuco deixou Londres "tocado por um começo de anglomania".[6] Sentiu "um desejo de parar ali para sempre",[7] segundo disse ao barão de Penedo, ministro brasileiro em Londres, em cuja casa no número 32 de *Grosvenor Gardens* se hospedou e que o tratou quase como a um parente. Afinal de contas, o ministro fora amigo de seu pai na Faculdade de Direito do Recife, e o próprio Nabuco travara amizade com seu segundo filho, Artur, na Faculdade de Direito de São Paulo.[8]

Nabuco retornou ao Brasil em setembro de 1874 decidido a ser escritor. Começou a redigir artigos sobre literatura para jornais, e iniciou debates políticos com outros escritores já estabelecidos, o mais famoso deles com o romancista José de Alencar nas colunas de *O Globo*. Ao final de 1875, iniciou uma peça rimada em cinco atos, em francês, intitulada *L'Option*, sobre o tema improvável da disputa entre França e Alemanha pela região da Alsácia-Lorena. Em abril do ano seguinte, contudo, aos 26 anos, foi nomeado adido da legação brasileira em Washington, então cargo de importância secundária, e iniciou curta carreira diplomática.

---

6 ❁ *Idem*, pág. 55.

7 ❁ Carolina Nabuco, *Vida de Joaquim Nabuco por sua filha*, São Paulo: Companhia Editora Nacional, 1928, pág. 59.

8 ❁ Francisco Inácio de Carvalho Moreira era ministro brasileiro em Londres desde 1855 (excetuando-se os dois anos e meio após o Brasil ter rompido relações diplomáticas com a Inglaterra, em 1863, em consequência da chamada "Questão Christie"), e receberia em 1864 o título de barão de Penedo. Ver Renato de Mendonça, *Um diplomata na corte da Inglaterra: barão de Penedo e sua época*, São Paulo: Companhia Editora Nacional, 1942.

Após uma breve visita a Washington, logo depois de chegar aos Estados Unidos, no mês de julho, passou a maior parte do tempo em Nova York, onde viviam o ministro brasileiro Antônio Pedro de Carvalho Borges (futuro barão de Carvalho Borges) e a maioria de seu corpo diplomático, à revelia do Departamento de Estado. Fixou residência no *Buckingham Hotel*, na Quinta Avenida, altura da Rua 50, em frente à catedral neogótica de São Patrício, na época ainda em obras. Ficou impressionado: "... cada quarto tem os seus anexos: banho, e *closet*. (...) A luz, o serviço, a mobília dos quartos, a franqueza do trato, o hóspede considerado como *part of us* (...) a cama, as roupas, as cinco toalhas que mudam cada manhã, a água corrente, os grandes espelhos, os tapetes, tudo novo e renovando-se cada dois anos, tudo isso faz um hotel de Paris e de Londres parecer uma caverna." O *Buckingham* era tão confortável "tal que um se acostuma a ele de modo a ser difícil deixá-lo",[9] e Nabuco não o fez: suas idas a Washington foram raras.

No dia de Ano-Novo de 1877, foi à capital apresentar suas credenciais ao presidente Ulysses S. Grant na Casa Branca e se reunir com o secretário de Estado Hamilton Fish. No final de fevereiro de 1878, lá esteve novamente para o desfecho da saga Tilden/Hayes: na eleição presidencial de novembro, Samuel J. Tilden, governador Democrata do estado de Nova York, havia garantido

9 Joaquim Nabuco, *Diários*, 2 vols., Vol. I: 1873-1888, Vol. II: 1889-1910, Rio de Janeiro: Bem-Te-Vi Produções Literárias/Recife: Editora Massangana, 2005, prefácio e notas de Evaldo Cabral de Mello, vol. I, pág. 195, 4 de agosto de 1877.

250 mil votos populares a mais do que o adversário, Rutherford Hayes, governador Republicano de Ohio, mas a Comissão Eleitoral atribuíra a presidência a Hayes por um voto de diferença, e este tomaria posse em março. Ao contrário do imperador Pedro II, que estivera na Exposição Internacional de Filadélfia em abril de 1876 para comemorar o centenário da independência norte-americana, e em seguida passara quatro meses percorrendo o país inteiro, de Leste a Oeste e de Norte a Sul, Nabuco se ateve a Saratoga Springs, Boston e às cataratas do Niágara.

Apesar de ter passado um ano e três meses nos Estados Unidos, e também ao contrário do imperador, que demonstrou grande interesse pela indústria, agricultura, transportes, ciência e engenharia, educação nas prisões, *etc.*, Nabuco pelo visto não achou o país particularmente interessante. As anotações em seu diário se concentram em reflexões acerca de Deus, o amor, as mulheres (diversas moças bonitas, raparigas e flertes), o casamento e a literatura francesa e inglesa. Ao partir, confessou-se arrependido de não ter feito melhor uso do tempo que passou lá. "Eu cometi um grande erro vindo a este país, em vez de estudá-lo, de visitar suas instituições de caridade e de letras, de conhecer os seus homens. Quis divertir-me com as mulheres; o resultado é uma impressão de tempo perdido."[10] Vinte anos depois, porém, em *Minha formação*, afirmaria ter tido curiosidade de aprender como os Estados Unidos eram governados e administrados ("as qualidades e as deficiências da política americana"), e que havia acompanhado a eleição presidencial de 1876 e seu resultado com

10 ❁ *Diários*, vol. I, pág. 220: 27 de setembro de 1877.

o maior interesse: "cada *boss* me era conhecido, como o era cada figura de senador, a opinião de cada jornal influente, cada nuança das duas convenções."[11]

Em outubro de 1877, para seu grande prazer, Nabuco foi transferido para a legação brasileira em Londres, até então a mais importante das legações brasileiras no exterior. A Inglaterra era o principal parceiro comercial do Brasil durante o Império, e a *City* londrina a maior e quase exclusiva fonte de capital (ver Capítulo 4). De volta a Londres, hospedou-se mais uma vez em 32 *Grosvenor Gardens*, ponto de encontro da alta sociedade londrina. Penedo oferecia banquetes regulares para mais de 60 convidados preparados pelo famoso *chef* da legação, Cortais, ex-funcionário do grão-duque da Rússia. Nabuco travou conhecimento com o príncipe de Gales, futuro rei Eduardo VII, com alguns membros da aristocracia, e com os Rothschild. Alfred Rothschild, segundo filho de Lionel de Rothschild, associado ao banco em 1863, aos 21 anos, e nomeado diretor do Banco da Inglaterra em 1869, aos 26 – o primeiro judeu a ter esse cargo – tornou-se um amigo muito próximo. Nabuco aproveitava bem a vida em *Grosvenor Gardens*, em especial os jantares: em *Minha formação*, escreveria que "o que me impediu de ser republicano na mocidade, foi muito provavelmente o ter sido sensível à impressão aristocrática da vida".[12] De fato, ele tirou o máximo proveito da rica vida cultural que Londres oferecia, assistindo, por exemplo, a uma apresentação de *Luisa Miller*, de Verdi, na

11 ❁ *Minha formação, op. cit.*, pág. 111.

12 ❁ *Idem*, pág. 97. Há um capítulo inteiro dedicado a 32 *Grosvenor Gardens*.

Royal Opera House, em *Covent Garden*, com a grande Adelina Patti como solista.

Nabuco passou menos de seis meses em Londres como adido da legação brasileira, de outubro de 1877 a abril de 1878, e voltou ao Brasil, após uma ausência de dois anos, em função da morte do pai. Conforme este planejara, e sua mãe insistira, iniciou então, com certa relutância, uma carreira política em Pernambuco, onde disputou e venceu a eleição para a Câmara dos Deputados pelo Partido Liberal.

A eleição de 1878 provocou na vida de Joaquim Nabuco uma "verdadeira mudança formativa", pondo fim não apenas ao que ele qualificou de sua "fase literária", durante a qual, entre outras coisas, acabou por reconhecer as próprias limitações como poeta, mas também o seu "diletantismo intelectual".[13] Enfim, encontrou uma causa política em que acreditava: a emancipação dos escravos do país, e decidiu que era chegada a hora de agir. Seu primeiro pronunciamento na Câmara foi sobre a liberdade religiosa, mas não demoraria muito até se dedicar à campanha parlamentar pela abolição da escravatura no Brasil (ver Capítulo 2).

Foi a causa abolicionista que o levou de volta à Europa, no final de 1880. De início, Nabuco reconheceu a importância de denunciar internacionalmente a existência continuada da escravidão no Brasil e de mobilizar a opinião internacional em defesa da causa. Em dezembro, aproveitando o recesso parlamentar, o deputado viajou para conhecer os líderes abolicionistas europeus em Lisboa, Madri e Paris, mas sobretudo em Londres. Nessa sua

---

13 ❀ *Idem*, págs. 154-8.

terceira visita à capital inglesa, entre fevereiro e abril de 1881, sem recusar a hospitalidade de Penedo e hospedando-se mais uma vez em 32 *Grosvenor Gardens*, além de aproveitar os encantos da cidade, dedicou toda sua energia à campanha na qual agora se engajava. Estabeleceu estreito contato profissional com Charles Allen, secretário da *British and Foreign Anti-Slavery Society* (Sociedade Britânica e Estrangeira contra a Escravidão), amizade que duraria até a morte deste, em dezembro de 1904[14] (ver Capítulo 2).

Quando a Câmara dos Deputados foi dissolvida, em 30 de junho de 1881, Nabuco se candidatou ao primeiro distrito da Corte (ou seja, Rio de Janeiro, a capital) nas eleições a serem realizadas em 31 de outubro. Caso perdesse, possibilidade que considerou bastante, conforme relatou em cartas a Penedo e Allen, cogitaria a sério se estabelecer em Londres, onde esperava ficar uns dois ou três anos ou pouco mais.[15] De fato, ao ser derrotado e forçado a deixar o Parlamento, partiu rumo a Londres, "num exílio quase forçado", como ele mesmo disse. Na véspera da viagem, escreveu a Penedo, seu protetor, que estava prestes a realizar "um

14 ❁ Sobre as relações de Nabuco com os abolicionistas britânicos, ver Leslie Bethell & José Murilo de Carvalho (orgs.), *Joaquim Nabuco e os abolicionistas britânicos. Correspondência 1880-1905*. Rio de Janeiro: Topbooks e Academia Brasileira de Letras, 2008.

15 ❁ Nabuco para Penedo, 8 de junho, 24 de junho, 14 de julho, 31 de julho de 1881. Em Joaquim Nabuco, *Cartas a amigos*, Vol. I: 1864-98, Vol. II: 1899-1909 (*Obras completas*, Vols. XIII e XIV), São Paulo: Instituto Progresso Editorial, 1949, Vol. I, págs. 47-53. Ver também Nabuco para Allen, 5 de junho, 23 de outubro de 1881, em Bethell & Carvalho, *op. cit.*, págs. 106-9, 112-7.

sonho da minha vida: o de viver em Londres, livremente, sem prazo de residência, sem medo de remoção", e ao amigo Sancho de Barros Pimentel: "A minha única aspiração pessoal, ir viver em Londres, independente, por uma longa série de anos, vai ser realizada em breve... Sem dependência do governo – livre quanto posso sê-lo – viverei feliz e esquecido na sociedade que mais aprecio, na cidade que é centro político do mundo... com meus melhores amigos... [e com] as letras e artes como distração."[16]

Nabuco permaneceu em Londres por quase dois anos e meio, de dezembro de 1881 a abril de 1884. Após residir cerca de um mês com Penedo em *Grosvenor Gardens*, onde continuaria a jantar regularmente ao longo de toda a estada, às vezes duas ou três vezes por semana, passaria por três endereços: 19 *Brook Street*, de meados de janeiro de 1882 a janeiro de 1883; 202 A *Maddox Street*, em *Hanover Square/Regent Street*, no período entre agosto e dezembro de 1883; e, por fim, 33 *Davies Street*, em *Berkeley Square.*

Boa parte do tempo passado em Londres foi dedicado à causa abolicionista (ver Capítulo 2). Ao mesmo tempo, Nabuco prestou assessoria jurídica a empresas britânicas com investimento no Brasil: companhias de propriedades rurais, bancos, estradas de ferro e bondes, instalações de portos, *etc.*, muitas das quais se tornaram suas clientes por intermédio de Penedo. A mais importante delas era a *Central Sugar Factories of Brazil Ltda.*, estabelecida em dezembro de 1881, que obtivera concessão do governo imperial para construir seis usinas de açúcar em Pernambuco.

---

16 ❁ Nabuco para Penedo, 8 de novembro, Nabuco para Sancho Pimentel, 8 de novembro de 1881, em *Cartas a amigos*, Vol. I, págs. 60-1.

Quando Nabuco deixou Londres, em 1884, quatro dessas usinas estavam em atividade; todas, porém, contrariaram as expectativas e decretaram falência em 1887. Seu principal ganha-pão em Londres, contudo, foi como correspondente internacional do principal jornal carioca (e brasileiro), o *Jornal do Commercio*, administrado em Paris por Francisco Antônio Picot, ex-diretor e braço direito do proprietário Júlio Constâncio Villeneuve. Seus artigos versavam sobre as relações comerciais e financeiras britânicas com o Brasil, sobre a política britânica (os Liberais tinham vencido as eleições de 1880, e William Edward Gladstone se tornara primeiro-ministro pela segunda vez), sobre a questão irlandesa (assunto dominante da política britânica no início da década e por longo tempo depois disso), sobre o Egito, a África do Sul, e as políticas das grandes potências europeias. Durante seis meses, de outubro de 1883 a março de 1884, escreveu também para o *La Razón*, jornal liberal de Montevidéu (ver Capítulo 3).

A verdade é que Nabuco precisava de dinheiro. Antes de decidir viver em Londres, disse a Penedo que necessitaria de uma renda mensal de pelo menos 70 libras,[17] e no final das contas foi essa a quantia que conseguiu ganhar: 50 guinéus (52 libras e 10 xelins) por trimestre da *Central Sugar Factories*, uma média de 10 libras por mês pelas "consultas de advocacia diversas", 30 libras mensais do *Jornal do Commercio*, e 10 libras mensais do *La Razón*,[18] que se revelaram insuficientes. Ele gastou 225 libras, por exemplo, o equivalente à renda de três meses, com a publicação

17 ❁ Nabuco para Penedo, 8 de junho de 1881. *Cartas a amigos*, Vol. I, pág. 48.

18 ❁ Nabuco para Paranhos, 3 de abril de 1886. *Cartas a amigos*, Vol. I, pág. 142.

do livro *O abolicionismo*, agravando suas dificuldades financeiras. Quando começou a escrever para o *La Razón*, já devia 450 libras a familiares e amigos.[19]

Ao final de 1883, após dois anos em Londres, Nabuco começou a pensar em voltar ao Brasil. Sua saúde estava debilitada, ele trabalhava demais e precisava de uma folga. Além disso, sofria com saudades do país e com a "falta do sol da minha terra". Em dezembro, Picot concordou em lhe conceder uma licença de quatro meses do *Jornal do Commercio*, mas ele decidiu aguardar o final do verão brasileiro. Em março, seu amigo e também abolicionista André Rebouças lhe mandou uma passagem de navio. Talvez a decisão de retornar tenha sido influenciada também pelo fato de que o movimento abolicionista havia ganhado impulso considerável fora do Parlamento durante a sua ausência: em março de 1884, o Ceará se tornou a primeira província do Brasil a abolir a escravatura. Talvez, como disse Nabuco a Allen, "algum tipo de ação enérgica" de sua parte fosse necessária.[20] Assim, ele embarcou para o Rio de Janeiro em 24 de abril.

Na volta ao Brasil, em maio de 1884, Nabuco retomou a campanha abolicionista (ver Capítulo 2). No entanto, após a derrota do modesto projeto de lei do senador Manuel Pinto de Sousa Dantas para libertar escravos com mais de 60 anos sem indenização e a promulgação de sua versão diluída, a Lei Saraiva-Cotegipe, em

---

19 ❁ Nabuco para Hilário de Gouveia, 11 de outubro de 1883. *Cartas a amigos*, Vol. I, pág. 106.

20 ❁ Nabuco para Allen, 31 de março de 1884, *in* Bethell & Carvalho, *op. cit.*, pág. 207.

setembro de 1885, e dois revezes políticos pessoais – Nabuco foi eleito em dezembro de 1884 e janeiro de 1885 no Recife, mas não teve a vitória reconhecida pela Câmara dos Deputados, e foi derrotado no pleito de janeiro de 1886, também no Recife – somados à tristeza pelo fim do relacionamento com Eufrásia Teixeira Leite, iniciado na Europa em 1874, seus pensamentos voltaram-se mais uma vez para Londres, cidade que amava e onde poderia ganhar a vida. Sua situação financeira era agora calamitosa: ele já saíra de Londres endividado e as viagens para o Brasil e para o Recife tornaram-se muito caras, consumindo todas as suas reservas. "Desde abril de 1884 tenho estado a gastar dinheiro sem dinheiro", confessou em abril de 1886 ao amigo José Maria da Silva Paranhos Jr., cônsul-geral em Liverpool e futuro barão do Rio Branco, acrescentando que não se importaria se Paranhos compartilhasse a notícia com os outros "Ps" (Penedo e Picot). Mas, estaria ele apto a retomar o trabalho de advogado em Londres? Será que Picot o restabeleceria como correspondente londrino no *Jornal do Commercio*? E não estaria abandonando "um grande futuro" como político no Brasil para se tornar um mero "cronista da política europeia"? Sua ausência do Brasil, lamentou ele, poderia ser mais uma vez prejudicial aos Liberais, e sobretudo à causa abolicionista.[21]

A volta a Londres acabou sendo adiada por mais de um ano, pois, em janeiro de 1886, Nabuco aceitou um convite para assinar uma coluna diária sobre assuntos parlamentares em *O Paiz*,

21 ❁ Nabuco para Paranhos, 3 de abril, 10 de abril de 1886. *Cartas a amigos*, Vol. I, págs. 142, 145-6; Nabuco para Allen, 18 de abril de 1886, *in* Bethell & Carvalho, *op. cit.*, págs. 282-3.

jornal editado por Quintino Bocaiuva. Apesar de republicano, o jornal era também abolicionista, fato mais importante para Nabuco. Quando por fim deixou o Rio rumo a Londres, em março de 1887, foi como correspondente de *O Paiz*, com um salário de 30 libras por mês. Por quatro meses, entre abril e agosto de 1887, viveu outro período em 32 *Grosvenor Gardens*. Penedo lhe arranjou outro trabalho na área jurídica. Ele comparecia às reuniões mensais da *Anti-Slavery Society*, e mais uma vez trabalhou em grande proximidade com Charles Allen. Mas sua maior dedicação era aos artigos para *O Paiz*, relacionados à política britânica e à questão irlandesa (ver Capítulo 3). O ponto alto da estada de Nabuco foi um *garden party* em 18 de junho, na casa do ex-primeiro-ministro Gladstone, em *Dollis Hill*.

Nabuco retornou ao Recife em agosto de 1887 para disputar a reeleição à Câmara dos Deputados. Dessa vez, no esteio de uma memorável campanha abolicionista, saiu vitorioso. Em novembro, porém, viajou para a Europa com o objetivo principal de encontrar o papa Leão XIII. Em dezembro, passou duas semanas em Londres. Seus amigos da *Anti-Slavery Society*, muitos dos quais eram *quakers*, conseguiram-lhe uma carta de apresentação ao Papa, do cardeal Manning, arcebispo de Westminster e líder da Igreja católica da Grã-Bretanha. Após duas semanas em Paris e uma espera de um mês em Roma, Nabuco finalmente encontrou Leão XIII em 10 de fevereiro, e solicitou a encíclica papal condenando a escravidão que tanto ansiava. Passou então duas semanas em Paris e três em Londres antes de retornar em março-abril ao Rio de Janeiro, via Recife, para supervisionar os últimos estágios da tramitação do projeto de lei abolicionista de 13 de maio de 1888 (ver Capítulo 2).

A queda do Império, em novembro de 1889, pôs um fim abrupto à carreira política de Nabuco, dedicado monarquista, antes de ele completar 40 anos. Desprezado na política, acreditando (de modo equivocado, como veremos a seguir) que sua vida pública tinha acabado, precisou refazer a vida como advogado ou jornalista – sem consultar Penedo, nem o amigo Alfred Rothschild, havia investido todo o seu capital e, mais importante, todo o capital da esposa, Evelina Torres Soares Ribeiro, com quem se casara em abril, em títulos argentinos, e perdido 90% em junho de 1890, quando o governo da Argentina não honrou a dívida. Ele estava também preocupado com a saúde debilitada, necessitando de um tratamento médico melhor do que o disponível no Brasil. Em um ano Nabuco estava de volta a Londres, onde permaneceu por onze meses, de setembro de 1890 a julho de 1891.

O casal fixou residência primeiro no *Rawling's Hotel*, em *Jermyn Street*, depois em 22 *Park Street*, em *Park Lane*, em outubro de 1890, e por fim, em março de 1891, em *Cheyne Gardens*, onde nasceu seu primeiro filho, Maurício. Nabuco, porém, mostrou-se menos entusiasta em relação ao inverno londrino do que quinze anos antes. Em 5 de janeiro de 1891, confessou em seu diário: "Dia de sol... Esperamos por esse sol um mês ou dois, nem sei. Só em Londres é que se sabe o valor de um raio de sol. Deus o conserve."[22] Evelina, por sua vez, detestava a cidade. Mas permanecer em Londres ou talvez ir para o continente europeu dependia de conseguir trabalho para cobrir "o custo da única vida que é agradável aqui". Do contrário, como disse Na-

---

22 ❁ *Diários*, Vol. II, pág. 31: 5 de janeiro de 1891.

buco ao amigo Rodolfo de Sousa Dantas, filho do senador Dantas, "a vida no menor pedaço de aldeia com luz e sol seria preferível".[23] Sem Penedo, no entanto, que com a queda do Império havia se mudado para a França, as consultorias jurídicas eram escassas, e havia também poucas oportunidades como jornalista. Em janeiro de 1889, Nabuco havia encerrado sua relação com *O Paiz*, que uma vez abolida a escravatura passara a se dedicar de forma aguerrida ao estabelecimento da República. Seu amigo Paranhos, agora barão do Rio Branco, tentou arranjar-lhe trabalho no *Jornal do Commercio*, mas Picot recusou-se a aceitá-lo. Entretanto, a partir de março de 1891, Nabuco começou a escrever com regularidade para um novo periódico monarquista, o *Jornal do Brasil*, fundado em janeiro por Rodolfo Dantas e outros velhos amigos (ver Capítulo 3). O pagamento de 35 libras por mês era "*very welcome* para minha pequena bolsa", diria ele a Dantas; a Penedo, afirmou, "não há *small profits*".[24]

Nabuco voltou para casa no início de julho de 1891, mas, logo após o golpe de Floriano Peixoto em novembro, ele e a família partiram a 18 de dezembro para a Europa, onde passaram dois meses em Lisboa, três em Paris e dois em Londres, até agosto de 1892. Não fica inteiramente claro em seu diário ou nas correspondências o que ele fez na capital britânica nessa ocasião. Não conseguiu emprego como advogado, nem como jornalista.

---

23 ❁ Nabuco para Dantas, 8 de janeiro de 1891. *Cartas a amigos*, Vol. I, pág. 194.

24 ❁ Nabuco para Dantas, 8 de janeiro, Nabuco para Penedo, 7 de março de 1891, *Cartas a amigos*, Vol. I, págs. 194, 200.

O que de fato sabemos é que foi em Londres, em maio de 1892, na igreja jesuíta de *Farm Street*, sob os vitupérios do padre Peter Gallway,[25] e no Oratório de *Brompton*, que ele redescobriu a fé católica abandonada na juventude.

Nabuco considerou fixar residência permanente na Europa, mas em setembro de 1892 retornou ao Brasil "para não sair mais voluntariamente", como disse ao amigo André Rebouças. "Não terei os meios materiais de ausentar-me e talvez não tenho mais o desejo."[26] Em outubro, contudo, procurava oportunidades em Londres: "Com minha simpatia e afinidade com a vida inglesa", escreveu a um agente de negócios britânico, Frederick Youle, "não poderia nunca curar-me do desejo de viver na Inglaterra". Tinha a "esperança persistente de que eu poderia conseguir obter uma posição de confiança, privada, não oficial, na qual pudesse servir os interesses do meu próprio país e os do capital britânico que o procuram (...)".[27]

Como essa esperança não se concretizou, Nabuco acabou se contentando com um "exílio interno" no Rio de Janeiro, onde dedicou os seis anos e meio seguintes – mais longo período passado morando no Brasil desde a primeira visita à Europa, em 1873 – a apoiar a causa monarquista contra a ditadura militar de Floriano e contra a influência militar sobre Prudente de Morais, primeiro presidente civil eleito em 1894; à prática do Direito; e, acima de tudo, à pesquisa e à escrita. Seus livros *Balmace-*

---

25 ❁ *Minha formação, op. cit.*, pág. 91.

26 ❁ Citado em Carolina Nabuco, *Vida de Joaquim Nabuco, op. cit.*, pág. 294.

27 ❁ *Diários*, Vol. II, págs. 48-9: 5 de outubro de 1892.

da (1895), sobre a guerra civil chilena de 1891, encerrada pelo suicídio do presidente José Manuel Balmaceda, e *A intervenção estrangeira durante a revolta de 1893* (1896), sobre o apoio norte-americano a Floriano Peixoto quando confrontado com uma rebelião monarquista na Marinha, foram ambos baseados em artigos escritos originalmente para o *Jornal do Commercio*. Por fim, em março de 1896, após aceitar que a restauração da monarquia era impossível, Nabuco abandonou a política.[28] Foi um dos fundadores da Academia Brasileira de Letras, em 1897, da qual veio a ser o primeiro secretário-geral, e concluiu a biografia do pai iniciada em 1894. *Um estadista do Império: Nabuco de Araújo, sua vida, suas opiniões, sua época* foi publicado em três volumes pela Garnier, principal casa editora do Rio, em 1897-8.

Em 1896, Nabuco já havia escrito uma série de artigos para o jornal monarquista *O Commercio de São Paulo*, criado pelo amigo Eduardo Prado, nos quais refletia sobre sua instrução, sobre as influências que haviam dado forma à sua vida literária, intelectual e política, sobre a carreira como homem das letras na juventude, a descoberta do mundo fora do Brasil e a carreira política dedicada à abolição da escravatura. Três anos mais tarde, no final de maio de 1899, a Garnier contactou Nabuco, então em Paris, que concordou com a publicação de um livro baseado nesses artigos autobiográficos somados a outros tantos escritos para a *Revista Brasileira* logo depois, parte de um manuscrito inédito sobre suas crenças religiosas redigido em francês sete anos an-

---

28 *Diários*, Vol. II, págs. 111-2: 22 de março de 1896. "Hoje formei a resolução de retirar-me da política."

tes,[29] além de três ensaios escritos especialmente para o volume proposto: um sobre seu pai, um segundo sobre seu velho preceptor alemão na escola de Nova Friburgo, e um terceiro sobre as atividades políticas e literárias nos dez anos desde a queda do Império, em 1889. O prefácio foi escrito em abril de 1900 em San Sebastián, na Espanha, e, no final de junho, em Paris, Nabuco recebeu os primeiros exemplares de *Minha formação*.[30]

Enganava-se ao pensar que sua vida pública havia terminado. Em março de 1899, às vésperas do quinquagésimo aniversário, aceitou um convite do presidente Campos Sales, que ficara impressionado com *Um estadista do Império* apesar da defesa implícita contida no livro às ideias e instituições monárquicas, para se tornar chefe de uma missão especial em Londres dedicada a preparar e apresentar o caso brasileiro na disputa com a Grã-Bretanha pelas fronteiras do Brasil com o Essequibo/Guiana Inglesa, que teria arbitragem internacional. Passados dez anos do fim do Império, já era tempo, pensava ele, de "colocar a pátria acima do partido", ainda que isso lhe valesse fortes críticas dos

---

29 ❁ *Foi voulue: mysterium fidei* foi publicado pela primeira vez em 1971 pelo departamento de Estudos Portugueses da Universidade de Aix-en-Provence, e em português como *Minha fé* pela Fundação Joaquim Nabuco/Editora Massangana, em Recife, em 1985. Uma coleção das máximas morais e religiosas de Nabuco, *Pensées détachées et souvenirs*, foi publicada ainda durante seu tempo de vida, em 1906, em Paris.

30 ❁ Ver a introdução à primeira tradução para o inglês: Joaquim Nabuco, *My Formative Years*, Oxford: Signal Books/Rio de Janeiro: Bem-Te-Vi Produções Literárias, 2012.

antigos protetores da monarquia. "Guardei luto da monarquia dez anos. Parece-me bastante."[31] No final de maio, estava de volta à sua amada Londres, apesar de, na realidade, ter passado os doze meses seguintes em Paris, apenas com rápidas visitas à capital britânica. Evelina e a família fixaram residência em St. Germain-en-Laye, perto da capital francesa.

Em 23 de março de 1900, em Paris, Nabuco recebeu um telegrama informando que o amigo Arthur de Souza Corrêa, ministro brasileiro em Londres, falecera subitamente aos 40 anos. Outro amigo e conterrâneo, Manuel de Oliveira Lima, continuaria no cargo de *chargé d'affaires* (encarregado de negócios). Após muito hesitar, uma vez que tinha algumas dúvidas residuais em relação ao compromisso de Nabuco com a República, o presidente Campos Sales concordou que ele deveria ser convidado para assumir o posto de chefe da missão londrina, cargo diplomático mais elevado do Brasil, para acompanhar sua nomeação como chefe da missão especial na arbitragem sobre a Guiana Inglesa. Nabuco instalou-se em Londres até o final de junho, hospedado de início no *Flemings Hotel* em *Half Moon Street, Piccadilly.* Em 27 de junho, primeiro dia integral de trabalho, visitou o primeiro-ministro lorde Salisbury, que também atuou como ministro das Relações Exteriores – "*the last great man*", nas suas palavras.[32] Conforme disse a Evelina, sentiu-se

---

31 ❁ Citado em Luiz Viana Filho, *A vida de Joaquim Nabuco*, São Paulo: Companhia Editora Nacional, 1952, pág. 219.

32 ❁ *Diários*, Vol. II, pág. 198: trecho de carta para Evelina, 10 de agosto de 1900.

um "principiante, um recluso da casa que é atirado de repente ao grande mundo".[33] Apresentou suas credenciais à rainha Vitória em Windsor em 13 de dezembro, último diplomata estrangeiro a fazê-lo, uma vez que a rainha viria a falecer em janeiro seguinte, e assumiu a legação em 4 de fevereiro de 1901. Oliveira Lima, por sua vez, tornou-se ministro brasileiro no Japão.

No início de setembro de 1900, Nabuco comprou a casa que viria a ser o lar londrino da família pelos próximos quatro anos e meio: 52 *Cornwall Gardens*, em *South Kensington*.[34] Retomou as amizades com o príncipe de Gales e com Alfred Rothschild, e tornou-se sócio tanto do *Turf Club* quanto do *Travellers Club*. No entanto, sua atitude em relação a Londres havia sofrido algumas mudanças desde sua última visita, em 1892. "Londres é um dos grandes centros das minhas recordações, um dos abrigos da minha vida errante", escrevera ele no diário em março,[35] mas a situação não era a mesma sem Penedo e Souza Corrêa. Em maio, antes de sair de Paris com destino a Londres, Nabuco escreveu ao amigo Tobias Monteiro, secretário particular do presidente Campos Sales: "A vida de Londres, a sociedade inglesa, atraiu-me muito, quando moço, e tenho nela muitas amizades (...) hoje, porém, a sensação do estrangeiro, e da sociedade, está esgotada para mim, e só com um grande sacrifício

33 ❁ Nabuco para Evelina, 27 de julho de 1900, em Carolina Nabuco, *op. cit.*, pág. 362.

34 ❁ A casa hoje exibe uma das famosas "placas azuis" londrinas, indicando que ali viveu uma pessoa notável.

35 ❁ *Diários*, Vol. II, pág. 177: 24 de março de 1900.

íntimo suponho poder voltar mesmo de passagem (...) à vida diplomática."[36]

Nabuco sempre considerou seu cargo na legação londrina como secundário ao trabalho na questão da Guiana Inglesa.[37] Um tratado delineando os termos da arbitragem da disputa anglo-brasileira pelo rei da Itália foi assinado em novembro de 1901, e ele passou o ano seguinte inteiro preparando o caso brasileiro sob a forma de um memorando em cinco volumes intitulado *Frontières du Brésil et de la Guyane Anglaise: le droit du Brésil.* No início de 1903, após um repouso de três semanas em Cambo, nos Pireneus, levou os volumes para serem impressos em Paris, e lá revisou as provas antes de enviá-las ao rei Vitório Emanuel III. Em fevereiro de 1903, Nabuco fixou residência em Roma, cidade que logo substituiu Londres e Paris na sua afeição. "O céu está lindo", escreveu ele a Evelina, "e a alegria e espontaneidade deste povo é tão comunicativa que terias prazer em sair por algum tempo da atmosfera dos povos 'fechados' do Norte, como é o inglês, e, apesar de tudo que digam, também o francês... Estou encantado de Roma... A beleza da luz e do colorido que transforma tudo é sem igual. Eu que nunca discuto nem analiso as minhas emoções, sinto uma impressão em Roma diferente de todas as outras, única."[38]

---

36 ❁ Nabuco para Monteiro, 20 de maio de 1900. *Cartas a amigos*, Vol. II, pág. 73.

37 ❁ Nabuco para Monteiro, s.d., Nabuco para Caldas Viana, 16 de dezembro de 1901. *Cartas a amigos*, Vol. II, págs. 93, 117.

38 ❁ Nabuco para Evelina, Roma, 27 de fevereiro, 10 de março, 14 de março de 1903, em Carolina Nabuco, *op. cit.*, págs. 375, 379.

Nabuco estava confiante em relação à vitória na disputa com a Grã-Bretanha pelos trinta mil quilômetros quadrados de território quase desabitado ao norte da bacia do Amazonas. Reivindicações portuguesas e mais tarde brasileiras a esse território não haviam encontrado oposição da Grã-Bretanha até as explorações feitas por *Sir* Robert Schomburgk em nome da *Royal Geographic Society* (Real Sociedade Geográfica), na década de 1840. Depois de os britânicos também apresentarem seu caso por escrito em um memorando, Nabuco e seis assistentes prepararam a resposta brasileira em um ex-castelo convertido em hotel no refúgio serrano de *Challes-les-Eaux*, na Saboia, durante o verão de 1903, sob a forma de mais três volumes intitulados *La prétention anglaise*, *Notes sur la partie historique du premier mémoire anglais* e *La preuve cartographique*. Um volume final, em quatro partes, concluindo por um *Exposé* final, foi preparado no inverno de 1903-4 em Genebra e Nice. No total, Nabuco apresentou ao rei da Itália duas mil páginas escritas, complementadas por mapas e documentos.

Em 14 de junho de 1904, Nabuco foi convocado ao Quirinal, juntamente com o embaixador britânico, para receber a decisão do rei Vitório Emanuel sobre o território amazônico disputado por Grã-Bretanha e Brasil. A decisão de conceder três quintos do território à Grã-Bretanha causou grande choque em Nabuco, que, apesar de cansado e temeroso, ainda demonstrava confiança nos dias que antecederam a audiência. "Foi um quarto de hora terrível", escreveu ele a Evelina. "Eu fiz o que me era possível, empenhando no meu trabalho toda a minha vida, dando-lhe todo o meu amor... Não me hei-de suicidar por a ter perdido... Tendo feito todo o meu dever, estou com consciência tranquila, mas o coração sangra-me, parece-me que sou eu o mutilado do pedaço que falta ao Brasil..."[39]

Depois de uma semana, um telegrama do barão do Rio Branco, nomeado ministro das Relações Exteriores em dezembro de 1902, provocou o que Nabuco descreveu para Evelina como "um terremoto".[40] A notícia era que a legação brasileira em Washington ganharia *status* de embaixada, e Nabuco foi convidado para ser o primeiro embaixador brasileiro nos EUA. Como escreveu Rio Branco, Washington, não Londres, era agora "[o] posto mais importante para nós... Precisamos ali homem valor."[41]

Quando o cargo de ministro das Relações Exteriores lhe foi oferecido, Rio Branco escrevera a Nabuco dizendo que serviria por dois anos, "até que você fique desimpedido pela vitória de Roma", e em seguida lhe passaria o posto: "Você deve ir para o ministério, e dessa posição... chegar à presidência... Não sou um Voluntário; sou um Recrutado. Espero conseguir minha baixa

---

39 ❁ *Diários*, Vol. II, pág. 323. Nabuco para Evelina, 14 de junho, 17 de junho de 1904. Em outubro de 1907, Nabuco disse à esposa que estava planejando escrever a *História do arbitramento anglo-brasileiro*. "Devo essa apologia a ti, a meus filhos, ao país." *Diários*, Vol. II, pág. 420: Nabuco para Evelina, 17 de outubro de 1907. Um estudo detalhado da disputa entre Brasil e Grã-Bretanha pelas fronteiras da Guiana Inglesa é o de José Theodoro Mascarenhas Menck, *A Questão do Rio Pirara (1829-1904)*, Brasília: FUNAG, 2009, que tem por base sua tese de doutorado intitulada "Brasil versus Inglaterra nos trópicos amazônicos: a questão do Rio Pirara (1829-1904)", Universidade de Brasília, 2001.

40 ❁ *Diários*, Vol. II, pág. 324: Nabuco para Evelina, 19 de junho de 1904.

41 ❁ Citado em Carolina Nabuco, *op. cit.*, pág. 432.

quando você, que nasceu para política, acabar em 1904 sua tarefa de Roma." Nabuco respondera que não desejava ser o sucessor de Rio Branco, mas sim seu parceiro e colaborador, "unindo as duas legações de Londres e Washington" no que passara a considerar a prioridade da política externa brasileira: o estreitamento das relações com os EUA.[42] Dois anos mais tarde, contudo, ao receber o convite para Washington, ele hesitou. Preferia continuar servindo em Londres, ou ainda Roma ou Paris. Segundo disse ao amigo e diplomata de carreira José Pereira Graça Aranha, autor de *Canaã* (1902) e seu colega na Academia Brasileira de Letras, que servira junto com ele como primeiro-secretário na legação de Londres e estava prestes a voltar para o Rio, não tinha desejo algum de ir para os Estados Unidos: "Washington é um duplo desterro, porque se está longe do Brasil e da Europa... Não tenho entusiasmo algum pela ideia de ir lá acabar a minha carreira."[43] Mesmo assim, acabou aceitando o posto na capital americana.

De julho a dezembro de 1904, Nabuco deslocou-se entre Londres, Paris e Roma, antes de se estabelecer em *Cornwall Gardens* pela última vez. Esse retorno coincidiu com a morte do grande amigo Charles Allen, ex-secretário da *British and Foreign Anti-Slavery Society*. Após novas visitas, em janeiro e fevereiro, a Flo-

---

42 Rio Branco para Nabuco, 30 de agosto, Nabuco para Rio Branco, setembro de 1902, em Carolina Nabuco, *op. cit.*, págs. 370, 434.

43 *Diários*, Vol. II, pág. 314: 23 de novembro de 1904. Ao mesmo tempo, Nabuco disse a José Veríssimo que iria para Washington "cheio de confiança nesse último capítulo da minha vida". *Cartas a amigos*, Vol. II, pág. 205: Nabuco para Veríssimo, 10 de janeiro de 1905.

rença, Siena e Roma, onde se encontrou com o papa Pio X – o terceiro que conhecia, depois de Pio IX e Leão XIII – Nabuco enfim deixou a Inglaterra rumo aos EUA, em 10 de maio de 1905 e, após passar por Nova York, chegou a Washington duas semanas mais tarde. Em 24 de maio, apresentou suas credenciais a Theodore Roosevelt, que iniciava seu segundo mandato como presidente.

No entanto, já começava a se arrepender da decisão de aceitar o posto de Washington: "Estou com medo de ter feito uma grande tolice aceitando este posto", escreveu para Evelina, "uma grandíssima tolice da qual me custará muito tirar-me com vantagem."[44] Em pouco tempo, já estava reclamando com a esposa da vida em Washington e prometendo não passar mais de um ano lá. "Meu desejo, meu ardente desejo, é que Deus me solte, me dê liberdade, me deixe viver o resto dos meus dias em uma atmosfera menos oficial e estranha do que esta. Nada, absolutamente nada, do que me cerca me interessa senão oficialmente, e isto é terrível como fim de vida. Suponho, portanto, que não ficarei mais do que esta administração [presidência de Rodrigues Alves] [...] Se a alimentação fosse outra, eu me propunha demorar-me, mas não poderei resistir a tal gênero de alimentos frigoríficos. Nada absolutamente tem gosto... [...] Que terrível calor! Imagina que estou em banho turco, suando dia e noite camisa sobre camisa! [...] Não faço plano algum de demorar-me neste país. Prefiro acabar em qualquer outro. Isto muito entre nós dois. Por isso não vás imaginando nenhuma longa residência. [...] Preços excessivos, clima intolerável, alimentação péssima e nenhuma adaptação possível, *voilà mon*

44 *Diários*, Vol. II, pág. 351: trecho de carta para Evelina, 20 de maio de 1905.

bilan [eis meu resumo]. Isto para ti somente. [...] Não vejo nada que eu possa fazer aqui. [...] A minha vida desde que cheguei é uma luta contínua comigo mesmo para não deixar este posto."[45]

Nessas circunstâncias, como revelou a Graça Aranha, levar a família para Washington seria "fechar sobre mim eu mesmo a porta da prisão". De toda forma, não conseguiria encontrar uma casa mobiliada como a que tinha em Londres por menos de sete mil dólares, três vezes o preço da capital britânica. Além do mais, "uma casa de grande aparência, verdadeira embaixada" custaria dez ou quinze mil dólares; se o Congresso brasileiro não quisesse arcar com esse custo, ele não se sentiria obrigado a ficar, e pediria outro posto. "Estou, portanto, em prova, e esta não pode durar menos de um ano, salvo circunstância imprevista que me obrigue a deixar mais cedo."[46] Contra todas as expectativas, porém, acabou encontrando uma casa (embora o aluguel custasse, como ele temia, três vezes o preço que pagava em *Cornwall Gardens*): número 14 de *Lafayette Square*, próxima à Casa Branca, casa que fora ocupada pelo secretário de Estado Elihu Root durante seu período como secretário de Guerra. Nabuco transferiu a família para lá no final de setembro de 1905.[47]

---

45 ❁ *Diários*, Vol. II, págs. 353-4: trechos de cartas a Evelina, 10 de junho, 19 de junho, 21 de junho, 24 de junho, 1º de julho de 1905.

46 ❁ Nabuco para Graça Aranha, 21 de junho de 1905, *Cartas*, Vol. II, págs. 218-9.

47 ❁ *Diários*, Vol. II, pág. 340: 28 de setembro de 1905; Nabuco para Oliveira Lima, 5 de outubro de 1905, *in Cartas*, Vol. II, pág. 224. Em outubro de 1908, os Nabuco mudaram-se para o número 22 de *Lafayette Square*. *Diários*, Vol. II, pág. 443: 10 de outubro de 1908.

Em fevereiro de 1906, foi a Michigan fazer um discurso sobre a "Influência mundial de Lincoln", no Clube Republicano da cidade; no mesmo mês, discursou perante a Academia Norte-Americana de Ciências Sociais e Políticas, na Filadélfia. Em abril-maio, fez uma viagem de um mês em um vagão de trem especial oferecido pelo amigo Richard Shannon, e cruzou os Estados Unidos até Los Angeles, passando por Chicago, Kansas City, Colorado Springs e o Grand Canyon. Prosseguiu rumo ao norte até São Francisco, chegando logo após o terremoto. Ali visitou a Universidade da Califórnia, em Berkeley, e a Universidade de Stanford, indo depois até Seattle e Vancouver, e, por fim, até o Canadá, onde conheceu Winnipeg, Ottawa e Montréal. Em junho, recebeu da Universidade de Columbia o título de doutor em Direito.

No dia 15 de junho de 1906, Nabuco ausentou-se de Washington para participar da terceira Conferência Pan-Americana no Rio de Janeiro (ver Capítulo 4). Era sua primeira visita ao Brasil após a ida para Londres em maio de 1899, e seria também a última. Passou por Nova York, Londres, Paris e Lisboa até chegar ao Recife, onde foi acolhido por multidões, e de lá partiu para Salvador e o Rio. Depois da Conferência, fez breves visitas a São Paulo e Minas Gerais, onde recusou um convite do presidente-eleito Afonso Pena para substituir Rio Branco como ministro das Relações Exteriores; estava preocupado com a saúde, e sentia que era insubstituível em Washington. "Se eu fosse ministro", escreveu a Evelina, "o meu primeiro ato seria nomear-me para Washington."[48] Voltou à capital norte-americana via Lisboa,

---

48 ❁ Citado em Carolina Nabuco, *op. cit.*, pág. 463.

Paris, Londres e Nova York, lá chegando em 15 de novembro. A viagem havia durado cinco meses.

No ano seguinte, 1907, Nabuco passou três meses na Europa, de junho a setembro, sobretudo na Alemanha, com Evelina e os filhos, mas com rápidas visitas a Paris, onde encontrou Rui Barbosa antes de este partir rumo a Haia para representar o Brasil na Segunda Conferência de Paz, a Bruxelas, onde se encontrou com Rui depois da Conferência, e a Londres. Após a Conferência Pan-Americana no Rio, o presidente Afonso Pena havia convidado Nabuco para ser o chefe da delegação brasileira em Haia. Entretanto, a imprensa carioca, liderada pelo *Correio da Manhã*, fez uma campanha intensa em favor de Rui Barbosa, que acabou sendo o escolhido. Nabuco recusou ir a Haia, seja como o número dois ou como chefe, junto com Rui. Mas concordou em ir a Paris para apresentar os membros da delegação brasileira à delegação americana e também fazer *lobby* com os americanos em favor dos interesses brasileiros. Com exceção de uma semana em Havana, em janeiro de 1909, representando o Brasil na posse do presidente Gerardo Machado, a visita à Europa em 1907 foi a última viagem de Nabuco fora dos Estados Unidos.

No final de 1907, ele escreveu para Graça Aranha que estava pronto para sair de Washington: "Não quero acabar neste desterro. Não tenho mais o que fazer."[49] No entanto, permaneceria no posto até morrer, dali a dois anos. Os anos de 1908 e 1909, nos

---

49 ❁ Nabuco para Graça Aranha, 5 de dezembro de 1907, citado em Anco Márcio Tenório Vieira, "O abolicionismo, o pan-americanismo e o valor da experiência empírica em Joaquim Nabuco: notas para uma correspondência",

quais as preocupações com a saúde só fizeram aumentar, foram dedicados às obrigações diplomáticas em Washington, à preparação da quarta Conferência Pan-Americana, que aconteceria em Buenos Aires em julho de 1910 e à qual ele fora convidado como líder da delegação brasileira, e à preparação de uma série de palestras proferidas nas principais universidades norte-americanas: em Yale (14/15 de maio de 1908) sobre "*The place of Camões in literature* (O lugar de Camões na literatura)" e "*The spirit of nationality in the history of Brazil* (O espírito da nacionalidade na história do Brasil)"; em Chicago (28 de agosto de 1908) sobre "*The approach to the two Americas* (A abordagem das duas Américas)"; em Vassar (21 de abril de 1909) e Cornell (23 de abril de 1909), novamente sobre Camões; e em Madison, Wisconsin (23 de junho de 1909), sobre "*The share of America in civilization* (A contribuição da América à civilização)". Esta última foi lida por um representante, pois já estava adoentado demais para viajar.[50]

---

in Helenilda Cavalcanti & Sylvia Couceiro (orgs.), *Joaquim Nabuco e nossa formação*, Recife: Fundação Joaquim Nabuco/Editora Massangana, 2012, pág. 83.

50 ❁ *Discursos e conferências nos Estados Unidos*, tradução Artur Bomilcar, Rio de Janeiro: B. Aguila, 1911; *Camões e assuntos americanos*: *seis conferências em universidades americanas*, tradução Carolina Nabuco, São Paulo: Companhia Editora Nacional, 1940. Ver K. David Jackson, "O embaixador americanista: as conferências de Joaquim Nabuco nos Estados Unidos", e Stephanie Dennison, "A aproximação das duas Américas: a promoção do Brasil feita por Joaquim Nabuco em universidades americanas", *in Conferências sobre Joaquim Nabuco*, 2 vols., Rio de Janeiro: Bem-Te-Vi Produções Literárias, 2010, Vol. 1, *Joaquim Nabuco em Yale*, K. David Jackson (org.).

"É grande privação viver longe dos amigos", escreveu Nabuco a Machado de Assis em agosto de 1908, "em terra estranha, como estrangeiro. Sobretudo acabar assim. Mas espero voltar ainda antes da noite. E então os meus 60 futuros procurarão acompanhar os seus futuros 70 até o fim das respectivas casas. Oxalá!"[51] A José Carlos Rodrigues, escreveu um ano mais tarde: "Ao passo que em mim o pensador quisera retirar-se da luta, o brasileiro quer ficar nela até o fim, se possível morrer nela."[52] "Não quero acabar entre estranhos, quero enraizar meus filhos em nossa terra", escreveu a outro amigo. E a um terceiro: "Cada dia sinto mais acabar a vida no estrangeiro, mas é preciso lutar até o fim e, Deus querendo, morrer de pé."[53] Nabuco faleceu em Washington, aos 60 anos, em 17 de janeiro de 1910.

❁ ❁ ❁

51 ❁ Citado em Carolina Nabuco, *op. cit.*, pág. 502.

52 ❁ Nabuco para Rodrigues, 3 de agosto de 1909, em Carolina Nabuco, *op. cit.*, pág. 493.

53 ❁ Citado em Carolina Nabuco, *op. cit.*, pág. 502.

❁ CRONOLOGIA ❁

❁ Agosto/setembro de 1873-setembro de 1874: a Europa

• 31 de agosto-22 de setembro de 1873: do Rio de Janeiro para Paris (via Lisboa e Bordeaux).

• Paris (setembro de 1873-janeiro de 1874).

• Itália (via Marselha, Nice e Gênova): Roma, Nápoles, Florença, Turim, Veneza, Milão (janeiro-abril de 1874).

• Genebra; Paris; Londres; Paris/Fontainebleau (maio-setembro).

• ??-25 de setembro de 1874: de Paris para o Rio de Janeiro (via Bordeaux).

❁ Maio de 1876-abril de 1878: os Estados Unidos e a Europa

• ?? de maio-7 de agosto de 1876: do Rio de Janeiro para Washington (via Paris, Londres e Nova York).

• 10-21 de outubro de 1877: de Nova York para Londres.

• 9-30 de abril de 1878: de Londres para o Rio de Janeiro (via Lisboa).

❁ Dezembro de 1880-maio de 1881: a Europa

• ?? de dezembro de 1880-4 de fevereiro de 1881: do Rio de Janeiro para Lisboa, Madri, Paris e Londres (fevereiro-abril de 1881).

16 de abril-9 de maio: de Londres para o Rio de Janeiro (via Paris e Bordeaux).

❁ Dezembro de 1881-abril/maio de 1884: a Europa.

• ??-?? de dezembro de 1881: do Rio de Janeiro para Londres.

24 de abril-17 de maio de 1884: de Londres/Southampton para o Rio de Janeiro.

❁ Março/abril-agosto de 1887: a Europa

• ?? de março-16 de abril de 1887: do Rio de Janeiro para Paris e Londres.

• 9-26 de agosto: de Londres para o Rio de Janeiro (via Lisboa e Recife).

❁ Novembro/dezembro de 1887-março/abril de 1888: a Europa
• 29 de novembro-15 de dezembro de 1887: do Rio de Janeiro para Londres.
• Paris, Roma e Londres.
• 17 de março-18 de abril de 1888: de Londres para o Rio de Janeiro (via Lisboa e Recife).

❁ Setembro de 1890-julho de 1891: a Europa
• ??-?? de setembro de 1890: do Rio de Janeiro para Londres.
• ??-?? de julho de 1891: de Londres para o Rio de Janeiro.

❁ Dezembro de 1891/janeiro de 1892-setembro de 1892: a Europa
• 29 de dezembro de 1891-13 de janeiro de 1892: do Rio de Janeiro para Lisboa (via Bahia e Recife).
• Paris, Londres, Paris, Londres.
• 25 de agosto-13 de setembro de 1892: de Londres para o Rio de Janeiro.

❁ Maio de 1899-janeiro de 1910: a Europa e os Estados Unidos (à exceção dos três meses no Brasil, em 1906, e uma semana em Cuba, em 1909).
• 3-20 de maio de 1899: do Rio de Janeiro para Londres.
• Paris, Londres, Paris, Genebra, Paris, Biarritz, San Sebastián.
• Paris, Londres (maio de 1899-junho de 1900).
• Londres, Paris (junho de 1900-fevereiro de 1903).
• Roma (fevereiro-abril de 1903).
• Cannes, Challes-les-Eaux (Saboia) (abril-setembro de 1903).
• Genebra, Nice, Marselha (novembro de 1903-março de 1904).
• Londres, Roma (janeiro-junho de 1904).
• Londres, Paris (julho de 1904-maio de 1905).
• 10-24 de maio de 1905: de Londres/Liverpool para Washington (via Nova York).
• 15-24 de junho de 1906: de Nova York para Liverpool.
Londres, Paris, Lisboa.

• 3-17 de julho: de Lisboa para o Rio de Janeiro (via Recife e Bahia).
• 17-31 de outubro: do Rio de Janeiro para Lisboa.
• Paris, Londres.
• 7-15 de novembro: de Londres para Nova York.
• 1-9 de junho de 1907: de Nova York para Paris (via Cherbourg).
Alemanha (julho-agosto), Londres, Paris, Bruxelas.
24 de setembro-2 de outubro: de Londres para Nova York.
• 25 de janeiro-2 de fevereiro de 1909: de Nova York para Havana, Cuba (via Flórida) e de Havana para Nova York.

❁ Nabuco morreu em Washington, em 17 de janeiro de 1910.

❁ ❁ ❁

CAPÍTULO II

*Joaquim Nabuco e a abolição da escravidão no Brasil numa perspectiva internacional**

Em meados do século XIX, entre seis e sete milhões de africanos e seus descendentes ainda se encontravam sujeitos à escravidão nas três principais sociedades escravocratas remanescentes nas Américas, o que representa mais do que duas vezes o número de cativos existentes à época da primeira emancipação em algumas das antigas colônias britânicas da América do Norte, durante o último quarto do século XVIII. O Haiti, ex-colônia francesa de Santo Domingo, tinha abolido a escravidão, em 1804; a maior parte das repúblicas hispano-americanas ao longo ou imediatamente após as guerras de independência; a Grã-Bretanha em suas colônias do Caribe, em 1834; a França, em suas colônias, em 1848. Nos Estados Unidos, porém, ainda havia quatro milhões

*Este capítulo é uma versão ampliada do meu ensaio "Joaquim Nabuco e a abolição da escravidão no Brasil", *in Conferências sobre Joaquim Nabuco*, 2 vols., Rio de Janeiro: Bem-Te-Vi Produções Literárias, 2010, Vol. I *Joaquim Nabuco em Yale,* Kenneth David Jackson (org.). Contém também algumas referências às introduções, escritas em parceria com José Murilo de Carvalho, *in* Leslie Bethell & José Murilo de Carvalho (orgs.), *Joaquim Nabuco e os abolicionistas britânicos*: *Correspondência 1880-1905*, Rio de Janeiro: Topbooks e Academia Brasileira de Letras, 2008; e *Joaquim Nabuco, British abolitionists and the end of slavery in Brazil*: *Correspondence 1880-1905*, Londres: Institute for the Study of the Americas, 2009.

de escravos, contra meio milhão na época da independência, em 1776, e menos de um milhão em 1800, concentrados agora apenas nos estados do Sul e da "fronteira sulista". No Brasil, o número de cativos oscilava entre dois e 2,5 milhões, contra menos de um milhão em 1800 e entre um e 1,5 milhão na ocasião da independência, em 1822. A colônia espanhola de Cuba, por sua vez, tinha de 300 a 400 mil escravos, comparados a menos de 200 mil em 1800. O aumento do número de escravos a partir de 1800 foi provocado, acima de tudo, pela expansão da produção do algodão no Sul dos Estados Unidos, do café no sudeste brasileiro, e do açúcar em Cuba, todas destinadas aos mercados mundiais.

A escravidão foi abolida nos Estados Unidos durante e logo após a Guerra Civil (1861-5), quando a população escrava estava no auge.[1] Cuba, porém, só fez o mesmo em 1886,[2] e o Brasil, em

1 A Proclamação da Emancipação, proferida por Abraham Lincoln em 10 de janeiro de 1863, declarava livres os escravos dos estados confederados rebelados contra a União, mas só poderia ser aplicada quando esses estados passassem a ser controlados pela União. Sua proposta da Décima Terceira Emenda Constitucional, que conferiria caráter permanente e constitucional à abolição da escravatura em todo o território norte-americano, foi aprovada pelo Senado em junho de 1864 e na Câmara dos Representantes em janeiro de 1865, mas só seria ratificada pelo número exigido de estados (três quartos do total, ou seja, 27 de 36) em dezembro de 1865, oito meses após o fim da Guerra Civil, e o assassinato do próprio Lincoln.

2 Em janeiro de 1880, o parlamento espanhol, que abolira a escravidão em Porto Rico em 1873, aboliu-a também em Cuba, mas os escravos cubanos ainda passariam oito anos submetidos a um sistema de patronato, que se encerrou quinze meses antes do prazo previsto, em outubro de 1886.

1888, em ambos os casos após um prolongado declínio da população escrava.[3]

Ao contrário dos Estados Unidos, onde o tráfico negreiro fora abolido em 1808 e a população escrava passara a se reproduzir internamente, no Brasil a injeção anual de novos cativos africanos pelo tráfico transatlântico foi a principal responsável pelo aumento contínuo da população escrava na primeira metade do século XIX. Cerca de dois milhões de africanos foram importados como escravos para o Brasil entre 1800 e 1850, atingindo um número entre 750 mil e um milhão apenas durante as décadas de 1830 e 1840,[4] quando o tráfico já era ilegal, seja pelas cláusulas do

---

3 ❁ São três os estudos gerais recentes sobre a abolição da escravatura nas Américas: David Brion Davis, *Inhuman Bondage: The Rise and Fall of Slavery in the New World* (Nova York: Oxford University Press, 2006); Seymour Drescher, *Abolition: A History of Slavery and Anti-Slavery* (Cambridge: Cambridge University Press, 2009); Robin Blackburn, *The American Crucible: Slavery, Emancipation and Human Rights* (Londres, Verso, 2011). Apesar de serem todos excelentes, é justo dizer que os capítulos sobre o Brasil não são sua melhor parte. Para uma comparação entre a abolição nos EUA e no Brasil, ver Célia Maria Marinho de Azevedo, *Abolitionism in the United States and Brazil: A Comparative Perspective* (Nova York: Garland Publishing, 1996).

4 ❁ Desde a primeira tentativa acadêmica de calcular o volume do tráfico transatlântico de escravos para as Américas, Philip Curtin, *The Atlantic Slave Trade: A Census* (1969), os números vêm sendo, de modo geral, revistos para cima, sobretudo no que diz respeito ao Brasil. Ver Herbert S. Klein, *The Atlantic Slave Trade* (Cambridge: Cambridge University Press, 1992, 2ª ed., 2010); David Eltis, *The Volume and Structure of the Transatlantic Slave Trade:*

tratado anglo-brasileiro de novembro de 1826 – que o Império recém-independente fora obrigado a assinar em troca de reconhecimento e apoio da Grã-Bretanha, e que declarava o tráfico brasileiro ilegal três anos após sua ratificação, ou seja, em março de 1830 –, seja pela própria lei brasileira de 7 de novembro de 1831, que proibia a importação de escravos para o Brasil.

Apesar da persistente pressão diplomática britânica para convencer o Brasil a cumprir as obrigações assumidas no tratado, sucessivos governos brasileiros se mostraram incapazes ou pouco dispostos a aplicar a lei de 1831. A Grã-Bretanha lançou mão de seu poderio naval para capturar navios negreiros brasileiros e de outras bandeiras em alto-mar e despachá-los para serem julgados em tribunais internacionais criados para esse fim: as comissões mistas anglo-brasileiras em Freetown, capital de Serra Leoa, e no Rio de Janeiro. Em 1845, a Lei do Tráfico de Escravos Brasileiro, a infame *Bill Aberdeen* (batizada em homenagem a lorde Aberdeen, secretário de Relações Exteriores da Grã-Bretanha), declarou que o tráfico negreiro do Brasil constituía pirataria, e permitiu a captura e condenação de navios negreiros, inclusive com a libertação de seus escravos decretada, pelos tribunais marítimos britânicos. Não houve, no entanto, uma diminuição no tráfico ilegal. A decisão do governo britânico, em 1850, de permitir que sua Marinha Real adentrasse águas territoriais e portos brasileiros para perseguir navios negreiros ilegais, em evidente

---

A Reassessment, William and Mary Quarterly, jan. 2001; e David Eltis & David Richardson (orgs.), *Atlas of the Transatlantic Slave Trade*, New Haven: Yale University Press, 2010.

violação da soberania brasileira, foi o principal fator de convencimento para que o governo brasileiro criasse uma nova legislação contra o tráfico de escravos, e pela primeira vez a aplicasse de fato. O tráfico de escravos da África para o Brasil, que funcionou dentro da legalidade durante trezentos anos, e depois de modo ilegal, apesar de todos os esforços da Grã-Bretanha, durante duas décadas, teve um fim súbito, dramático e permanente.[5]

A supressão definitiva do tráfico transatlântico pelo governo brasileiro em 1850-1 foi um golpe decisivo para a instituição escravagista no Brasil, que dependia do fluxo maciço anual de novos cativos africanos. Ao contrário dos Estados Unidos, onde a população escrava triplicou ou quadruplicou entre o fim do tráfico e o início da Guerra Civil, no Brasil a população escrava começou a declinar logo após a abolição do tráfico: as taxas de natalidade eram menores do que no Sul dos EUA, em parte devido ao desequilíbrio de gênero da população escrava, em si um reflexo da dependência anterior do sistema do abastecimento externo, sobretudo de escravos do sexo masculino; as taxas de mortalidade eram mais altas, em parte devido aos maus-tratos, mas mais ainda devido às doenças e ao contexto nutricional bra-

---

5 ❁ Sobre a abolição do tráfico de escravos, ver Leslie Bethell, *The Abolition of the Brazilian Slave Trade: Britain, Brazil and the Slave Trade Question 1807-1869*, Cambridge: Cambridge University Press, 1970. Traduções em português: São Paulo: Editora Expressão e Cultura/Edusp, 1976; Brasília: Editora do Senado Federal, 2002. Sobre a literatura revisionista desde 1970, ver Jeffrey D. Needell, "The Abolition of the Brazilian Slave Trade in 1850; Historiography, Slave Agency and Statesmanship", *Journal of Latin American Studies*, 33 (2001).

sileiro; e as taxas de alforria e fuga eram significativamente mais altas. O Brasil tinha uma longa história tanto de alforria quanto de quilombos (acampamentos de escravos foragidos). Mesmo assim, em 1866-7, quando Agostinho Marques Perdigão Malheiro publicou seu grande estudo *A escravidão no Brasil: Ensaio histórico, jurídico e social*, o país ainda possuía, segundo seus cálculos, 1,7 milhão de escravos. O primeiro recenseamento nacional brasileiro, realizado em 1872, estabelecia uma população escrava de 1,5 milhão – o que representava apenas 15% da população total do país, em comparação com os 30-40% durante a primeira metade do século XIX –, mas não há números precisos para a época.

A partir de 1850, devido à demanda por mão de obra e aos preços relativos dos escravos, houvera também uma significativa transferência da população escrava por tráfico interno: cinco até seis mil cativos por ano durante vinte anos, vindos de províncias do Norte e Nordeste, e, em menor grau, do Sul, para o Centro-Sul, onde três províncias – as "províncias negreiras da nação": Rio de Janeiro, Minas Gerais e São Paulo – agora respondiam por mais da metade da população cativa total. Havia também um tráfico no interior das províncias, inclusive no próprio Centro-Sul, migrando das cidades para o campo. No Rio de Janeiro, por exemplo, cidade mais caracterizada pela escravidão do que Nova Orleans ou Havana, onde na metade do século de 40 a 50% da população era escrava, esse número caiu para menos de 20%. Houve fluxo ainda de fazendas menos rentáveis de pequeno e médio portes para grandes latifúndios; da agricultura de subsistência e não exportadora para a agricultura extensiva voltada para a exportação, sobretudo de café; e das áreas cafeeiras decadentes do vale do Paraíba para áreas em expansão no interior da província de São Paulo, onde na realidade havia mais escravos do que vinte anos antes.[6] De qualquer forma, ainda era possível encontrar cativos em todas as províncias, de Norte a Sul do país, tanto em áreas urbanas quanto rurais, e tanto na agricultura de exportação quanto na de não exportação. Ao contrário dos Estados Unidos antes da Guerra Civil, a escravidão no Brasil seguia sendo uma instituição nacional, com profundas raízes na economia, na sociedade e na cultura de todo o país.

Em 1870, a escravidão no Brasil não se encontrava inevitavelmente fadada à extinção, pelo menos não no curto ou mesmo no médio prazo. Como no Sul dos Estados Unidos antes da Guerra Civil, continuava a apresentar uma alta rentabilidade. Não havia sinais de enfraquecimento da preferência dos senhores de escravos brasileiros pela mão de obra escrava. Apesar do custo crescente da mão de obra cativa e do início de um problema de abastecimento, os senhores não tomavam decisões racionais: preferiam continuar não optando pela mão de obra livre, nem em caso de necessidade. Não houve tentativas significativas de mobilização de mão de obra livre ou liberta, oriundas da agricultura de subsistência e não voltada para a exportação, que agora representavam mais de 80% da mão de obra rural do país como

6 ❁ Sobre o tráfico interno de escravos após a abolição do tráfico transatlântico, ver Richard Graham, "Another Middle Passage? The Internal Slave trade in Brazil", e Robert W. Slenes, "The Brazilian Internal Slave Trade, 1850-1888: Regional Economies, Slave Experience and the Politics of a Peculiar Market", em Walter Johnson (org.), *The Chattel Principle: Internal Slave Trades in the Americas*, New Haven: Yale University Press, 2004.

um todo (contra menos de 50% em 1822). Tampouco havia ainda qualquer movimentação expressiva para atrair imigrantes europeus para a agricultura brasileira.

Proprietários de escravos e seus representantes políticos no Parlamento não tinham dificuldades em justificar a escravidão. Havia no Brasil menos compromisso ideológico com a escravidão como instituição permanente, ou como um bem moral positivo, e menos racionalizações baseadas em racismo e identidade nacional do que, por exemplo, no Sul dos Estados Unidos. A existência de um grande número de negros livres e mulatos (mais de 40% da população total, segundo o censo de 1872) era uma prova disso. No entanto, os imperativos econômicos que sustentavam a escravidão também eram sólidos. Como se poderia organizar um mercado de mão de obra livre em condições de fronteiras abertas e terras livres, desocupadas ou apenas apropriadas nominalmente, sobretudo nas regiões de cultivo de café, que representavam 60-70% das exportações brasileiras? Além disso, se tinham acesso à terra e a uma boa dose de mobilidade espacial – e, portanto, a estratégias alternativas de sobrevivência –, por que motivo pequenos produtores, arrendatários e posseiros de variados tipos, ou mesmo trabalhadores rurais e camponeses, venderiam sua mão de obra e se submeteriam à dura disciplina da agricultura extensiva que sempre fora servida pela mão de obra escrava e associada a ela?

Como sempre, desde a representação de José Bonifácio de Andrada e Silva à Assembleia Constituinte de 1823 em defesa do fim do tráfico de escravos no Brasil e da emancipação gradual dos cativos do país, vozes isoladas denunciavam a escravidão por sua injustiça e sua suposta ineficiência econômica, como, por exemplo, Aureliano Cândido Tavares Bastos em *Cartas do solitário*, de 1863. Mas não havia uma opinião generalizada a favor da abolição. Algumas associações filantrópicas de curta duração foram formadas para acelerar os processos graças aos quais os escravos podiam conseguir sua liberdade, mas não houve movimento abolicionista organizado, nem mobilização popular, primeiro contra o tráfico negreiro, e em seguida contra a própria instituição escravocrata, como os que ocorreram na Grã-Bretanha e nos Estados Unidos no início do século XIX. Após rejeitar um projeto de lei proposto por Pedro Pereira da Silva Guimarães em 1852, logo após a supressão do tráfico, para a emancipação gradual dos escravos, a começar pela libertação das crianças nascidas de mães escravas, o Parlamento brasileiro, no qual ambos os partidos, tanto o Conservador quanto o Liberal, representavam sobretudo a classe latifundiária e proprietária de escravos, havia passado mais de uma década e meia calado em relação à questão.

Foi dom Pedro II quem, em meados da década de 1860, pôs pela primeira vez o futuro da escravidão na pauta política do país. O imperador passara a acreditar que a instituição não mais se justificava, e que seu declínio evidente desde o fim do tráfico transatlântico devia ser acelerado, ainda que de forma gradual e controlada, de modo a garantir um mínimo de perturbação econômica e social. E tinha também uma consciência aguda do crescente isolamento internacional do Brasil em relação ao tema: todas as repúblicas hispano-americanas já haviam abolido a escravidão, e a esperada ratificação da Décima Terceira Emenda

Constitucional, aprovada pelo Senado em junho de 1864 e pela Câmara de Representantes em janeiro de 1865, finalmente poria fim à escravidão nos Estados Unidos.[7]

Ao mesmo tempo, o governo britânico, principal responsável por forçar o Brasil a extinguir o tráfico em 1850-51, manteve uma posição rígida em todas as questões relacionadas ao tráfico e à escravidão. A *Bill Aberdeen* continuava vigorando, aplicada como garantia contra o ressurgimento do tráfico transatlântico, "a ser usada", conforme declarou lorde Palmerston na Câmara dos Lordes em 1858, "caso os brasileiros retornem aos seus maus hábitos. Enquanto a lei for mantida, o governo brasileiro adotará a política que vocês o forçaram a adotar".[8] A lei britânica só viria a ser revogada em 1869. Além disso, diplomatas britânicos no Rio de Janeiro viviam reclamando do destino dos emancipados – escravos libertados de navios negreiros condenados pelas cor-

7 ❁ É necessário um volume maior de pesquisa sobre o impacto do fim da escravidão nos Estados Unidos durante a Guerra Civil no futuro da escravidão no Brasil e em Cuba, o que parece ter sido interpretado com certo exagero, pelo menos no que diz respeito ao Brasil. Drescher alegou que a guerra "acelerou o seu [da escravidão] fim nas Américas... [o fim da escravidão nos Estados Unidos] sacudiu profundamente as sociedades escravocratas ainda intactas". Drescher, *op. cit.*, págs. 329, 332. Blackburn argumentou que "as autoridades brasileiras [e espanholas] concluíram que teriam de agir... Simplesmente manter a escravidão era um convite à interferência indesejada... [O fim da escravidão nos EUA] convenceu latifundiários influentes de que o jogo havia acabado." Blackburn, *op. cit.*, págs. 440-1. Mas pouca evidência é oferecida.

8 ❁ Citado em Bethell, *Abolition of the Brazilian Slave trade*, *op. cit.*, pág. 379.

tes mistas anglo-portuguesas e anglo-brasileiras que operaram no Rio de Janeiro de 1819 a 1845 –, e dos africanos livres, isto é, escravos importados ilegalmente, capturados e libertados pelas autoridades brasileiras. Embora em teoria gozassem da proteção do governo brasileiro, essas pessoas eram empregadas em obras públicas ou vendiam seus serviços a particulares, e sabia-se que em sua maioria acabavam se tornando escravos. Uma preocupação ainda maior era a insistência da Grã-Bretanha de que, desde a aprovação da lei de 7 de novembro de 1831, africanos importados para o Brasil, ainda vivos, e todas as crianças nascidas de escravas importadas desde a mesma data, haviam sido escravizados contra as leis, sendo, portanto, legalmente livres.

Essa questão afligia as autoridades e os senhores de escravos brasileiros desde que se tornara claro, em meados da década de 1830, que não era possível impor o cumprimento da lei de 1831, e que o tráfico ilegal estava fora de controle. Em duas ocasiões – junho de 1837 e setembro de 1848 – o Parlamento brasileiro, em sessão secreta, havia considerado a possibilidade de revogar retroativamente a lei de 1831, proporcionando assim impunidade aos senhores proprietários de escravos importados desde aquela data e de seus descendentes. No fim das contas, depois que a aplicação da nova lei de 4 de setembro de 1850, no mar e nos pontos de desembarque, acabou de fato com o tráfico, sucessivos governos brasileiros preferiram continuar ignorando a existência da lei de 1831.[9]

---

9 Sobre as atitudes e políticas brasileiras em relação aos africanos livres e aos escravos importados ilegalmente para o Brasil após 1831, ver Sidney Cha-

Os britânicos, porém, não a ignoraram. Em 1850, quando a Câmara dos Comuns discutiu a necessidade de uma ação mais enfática da Grã-Bretanha contra o tráfico de escravos no Brasil, o futuro primeiro-ministro liberal William Gladstone declarou que o país europeu tinha "todo o direito de ir ao Brasil e exigir a emancipação de todos os escravos importados desde 1830 e, caso o Brasil se recusasse, de travar com ele uma guerra até o extermínio"; embora em seguida tenha expressado o desejo de que esse direito não fosse exercido. Nos dois anos após o fim do tráfico, o ministro brasileiro em Londres, Sérgio Teixeira de Macedo, foi pressionado em relação ao tema. Como resposta, alegou que ceder aos termos da lei equivaleria a emancipar a grande maioria dos escravos em idade ativa, o que "causaria uma revolução generalizada e aniquilaria o Império Brasileiro". Por esse motivo, afirmou categoricamente que "na escravidão hão de ficar".[10] Apesar disso, políticos britânicos em Londres e diplomatas britânicos no Rio mantiveram o assunto vivo ao longo da década de 1850 e início da de 1860. Além disso, o chamado "caso Christie" – o bloqueio britânico ao Rio de Janeiro de dezembro de 1862 a janeiro de 1863, que levou o Brasil a romper relações diplomáticas com a Grã-Bretanha, embora só tivesse relação in-

lhoub, *A força da escravidão: Ilegalidade e costume no Brasil oitocentista*, São Paulo: Companhia das Letras, 2012, Caps. 4, 5 e 7. Sobre os emancipados, ver Robert Conrad, "Neither Slave Nor Free: The Emancipados of Brazil, 1818-68", *Hispanic American Historical Review*, nº 53, 1973, págs. 50-70.

10 ❁ Citado em Bethell, *Abolition of the Brazilian Slave Trade*, *op. cit.*, págs. 381 e 382.

direta com o *status* dos emancipados, africanos livres e escravos importados ilegalmente após 1831 –, foi um lembrete de que a Grã-Bretanha ainda estava disposta a recorrer à força para garantir que o Brasil cumprisse as suas exigências.[11]

As instruções de dom Pedro a Zacarias de Góis e Vasconcelos, recém-nomeado presidente liberal-progressista do Conselho de Ministros em janeiro de 1864, começavam assim:

"*Acontecimentos na União norte-americana nos exigem refletir sobre o futuro da escravidão no Brasil* (grifo meu – ver nota 7) de modo que o que ocorreu em relação ao tráfico de escravos não torne a acontecer conosco. A medida que me parece mais eficaz é libertar os filhos de escravos nascidos um certo número de anos a partir de agora."[12] Em abril de 1865, mês em que se encerrou a Guerra Civil nos EUA, ele convidou um célebre jurista e seu colaborador próximo, o senador José Antônio Pimenta Bueno, visconde de São Vicente, para esboçar uma legislação que não apenas melhorasse a condição dos escravos, mas que também evoluísse rumo a uma abolição gradual até o final do século. O mais importante dos cinco projetos por ele apresentados em janeiro de 1866 propunha que crianças nascidas de mães escravas fossem livres a partir de então, mas teve pouco apoio no gabinete conservador liderado pelo marquês de Olinda, que substituíra Zacarias como presidente do Conselho em maio do ano anterior.

---

11 ❁ Ver William Dougal Christie (ministro britânico no Rio de Janeiro, entre 1860 e 1863), *Notes on Brazilian Questions* (Londres, 1865).

12 ❁ Citado em Roderick J. Barman, *Citizen Emperor: Pedro II and the Making of Brazil, 1825-91*. Stanford: Stanford University Press, 1999, pág. 195.

O principal motivo, ou desculpa, para a inação era o envolvimento do Brasil, desde o final de 1864, na Guerra da Tríplice Aliança, com Argentina e Uruguai, contra a ditadura paraguaia de Francisco Solano López. Apesar disso, em agosto de 1866, um novo governo chefiado por Zacarias causou um terremoto político ao afirmar, em resposta a um recurso do *Comité Français d'Emancipation*, esboçado com total conhecimento do imperador, que "a emancipação dos escravos, ***consequência necessária da abolição do tráfico de escravos transatlântico*** (grifo meu), é, portanto, apenas uma questão de forma e oportunidade". Em novembro, os "escravos da nação", ou seja, cativos de propriedade do Estado, foram liberados para prestar serviço militar, e uma compensação foi oferecida aos senhores que libertassem seus escravos para servir. Na *Fala do Throno* do imperador, em maio de 1867, este reiterou sua opinião de que o "elemento servil" merecia atenção no devido tempo, ao passo que a propriedade existente seria respeitada e a agricultura, "nossa principal indústria", protegida.[13]

Sob a liderança de José Thomaz Nabuco de Araújo, um dos poucos políticos brasileiros importantes contrários à escravidão na época, criou-se um comitê do Conselho de Estado encarregado de consolidar os diversos esboços de Pimenta Bueno em uma única proposta de lei, cujo principal teor seria a libertação das crianças nascidas de mães escravas. Como ministro da Justiça, cargo que exerceu entre 1853 e 1857, Nabuco de Araújo fora res-

13 ❁ Em *O abolicionismo* [1883], São Paulo: Publifolha, 2000, pág. 27, Nabuco escreveu que a Fala do Trono de maio de 1867 foi "... Como um raio, caindo de um céu sem nuvens".

ponsável pela repressão das últimas e desesperadas tentativas de importar escravos para o Brasil. Em julho de 1868, porém, uma crise política acarretou nova mudança de governo. Preocupado com o desenrolar da guerra contra o Paraguai, o imperador tirou Zacarias do cargo e chamou o conservador visconde de Itaboraí, totalmente contrário à abolição, para formar um governo; assim, não haveria novas discussões sobre a questão da escravatura nos dois anos seguintes.

Em contrapartida, a crise política de 1868 revitalizou a ala reformadora do Partido Liberal. Nabuco de Araújo denunciou o *coup d'état* que conduziu à nomeação de Itaboraí e ajudou a fundar o jornal liberal radical *A Reforma*, que adotou posição contrária à escravidão. Em 1869, junto com outros liberais reformadores, criou também o Centro Liberal, cujo programa, embora tivesse como principal objetivo a reforma eleitoral, incluía a emancipação dos cativos; era a primeira organização política brasileira a fazê-lo. Ao mesmo tempo, foram criadas diversas associações dedicadas a incentivar e ajudar na emancipação dos escravos: segundo Ângela Alonso, no que qualifica de "primeiro ciclo de mobilização abolicionista" no Brasil, foram 23 entre 1867 e 1871, 14 no Norte (das quais seis em Pernambuco, três na Bahia) e nove no Sul (cinco em São Paulo, duas no Rio de Janeiro).[14] A pressão internacional, por sua vez, não dava trégua. Em 1869, a Associa-

---

14 ❁ Alonso, Ângela, *Flores, votos e balas: O movimento pela abolição da escravidão no Brasil*, tese de livre-docência, Departamento de Sociologia, Faculdade de Filosofia, Letras e Ciências Humanas, Universidade de São Paulo, 2012, págs. 52-3. Publicada no Brasil em 2015, conforme nota nº 63, págs. 106-7.

ção Abolicionista Internacional, com sede em Paris, mandou um recado para "o povo brasileiro" incentivando-o a pôr fim de uma vez por todas à escravidão, "desgraça da humanidade".

A Guerra do Paraguai se encerrou em março de 1870. Em julho, as *Cortes Generales* espanholas aprovaram uma lei libertando todos os escravos acima de 60 anos e as crianças nascidas de mães escravas desde a Revolução Liberal e o início da Guerra de Dez Anos pela independência de Cuba, em 1868. Em março de 1871, após vários fracassos, dom Pedro encontrou um político conservador disposto a formar um governo que apresentasse ao Parlamento brasileiro um projeto de lei para libertar as crianças nascidas de mães escravas: José Maria da Silva Paranhos, visconde do Rio Branco. Ao final de uma longa e ferrenha série de debates durante os meses de junho, julho e agosto, na qual deputados conservadores e liberais pró-escravidão receberam dezenas de pedidos de senhores de escravos de todo o país, que pela primeira vez se organizavam para defender o sistema escravocrata, o projeto de lei foi enfim aprovado na Câmara dos Deputados em 18 de agosto por 61 votos a favor (Liberais e Conservadores) e 35 contra (em sua maioria Conservadores dissidentes). Quando o projeto chegou ao Senado, em 27 de setembro, apenas quatro senadores votaram contra, embora muitos outros não tenham comparecido. Como o imperador estava ausente, em viagem à Europa, o projeto foi aprovado pela princesa regente Isabel, tornando-se lei em 28 de setembro de 1871.[15]

---

15 ❁ Sobre o debate e a votação da Lei do Ventre Livre (1871), ver José Murilo de Carvalho, *A construção da ordem*: *Teatro de sombras*, 2ª ed., Rio de Janeiro:

Ao estancar a oferta interna de escravos, vinte anos após a supressão do tráfico transatlântico ter eliminado a oferta externa, a Lei do Ventre Livre – segundo a qual ninguém mais podia nascer escravo no Brasil – condenou a escravidão a uma extinção eventual; seus dias estavam contados no Brasil. Apesar disso, nenhum escravo sequer foi emancipado. Além do mais, como muitos políticos e senhores de escravos haviam previsto ao apoiá-la, ainda que com relutância, a lei reconhecia como legítima a propriedade dos cativos existentes, não representava nenhuma ameaça *imediata* a esta, encerrava qualquer incerteza remanescente em relação aos cativos adquiridos à revelia da lei de 1831 e, implicitamente, reconhecia o direito dos senhores a indenizações se e quando a escravidão fosse enfim abolida. Por fim, os filhos nascidos de mães escravas, ditos *ingênuos*, embora nominalmente livres, deveriam permanecer com seus senhores até os oito anos de idade, quando seriam libertados e confiados à tutela do Estado mediante o pagamento aos senhores de uma compensação na forma de títulos do governo. Ou então, como se revelou mais frequente, seguiriam em condição de semiescravidão até completarem 21 anos, e este período de trabalho serviria como a remuneração a que os senhores tinham direito. A lei de 1871 previa um registro nacional de escravos e a criação de um modesto Fundo de Emancipação para estimular a libertação voluntária de cativos

---

Editora UFRJ/Relume Dumará, 1996, págs 280-90; Barman, *Citizen Emperor, op. cit.*, cap. 7; Jeffrey D. Needell, *The Party of Order: The Conservatives, the State and Slavery in the Brazilian Monarchy*, 1831-1871, Stanford University Press, 2006, págs. 284-303.

por seus senhores e a aquisição da liberdade pelos próprios escravos, que os senhores eram agora obrigados por lei a permitir, caso houvesse remuneração integral. O Fundo, porém, demorou para ser criado. Nos dez anos que se seguiram, o número de escravos libertados pela nova lei, menos de 1% dos registrados, não foi significativamente maior do que o número que já vinha sendo libertado a cada ano nas duas décadas anteriores. Por fim, a aprovação da lei de 1871 encerrou por quase dez anos qualquer outro debate sobre a questão da escravatura no Parlamento.

Durante os anos 1870, a população escrava brasileira continuou seu declínio regular, ainda que vagaroso: em 1879 ainda havia 1,25 milhão de escravos no país. No entanto, a intensificação do tráfico entre províncias do Nordeste – e agora do Ceará, que enfrentava uma rigorosa seca – para o Centro-Sul, à razão de dez mil cativos por ano,[16] acentuou mais ainda a concentração regional. No final da década, os escravos representavam menos de 10% da população em mais da metade das províncias brasileiras e menos de 5% em mais de um quarto (sobretudo no Norte, Sul e Centro-Oeste), proporção semelhante àquela que motivou os estados do Norte dos Estados Unidos a optar pela emancipação um século antes. Assim como o progressivo declínio da população escrava em idade ativa, o declínio da proporção de escravos na população total, o tráfico entre províncias, e o tráfico interno

16 Slenes, "The Brazilian Internal Slave Trade", *op. cit.* págs. 330-1.

às províncias (que retirava os escravos das cidades, criando uma população urbana sem forte compromisso com a continuidade da escravidão), todos foram fatores que contribuíram para apressar o fim da escravidão, reduzindo o número de províncias que sofreriam efeitos adversos caso esta fosse abolida e tornando-a assim mais vulnerável. Em dezembro de 1880 e janeiro de 1881, as assembleias provinciais do Rio de Janeiro, Minas Gerais e São Paulo mostraram-se bastante preocupadas com o fato de grandes áreas do país estarem se transformando em *free soil* (terras livres) e possíveis refúgios para escravos foragidos – além de base para o abolicionismo em um momento em que a instituição da escravatura no Brasil estava pela primeira vez sob forte ataque, tanto no Parlamento quanto fora dele – e decidiram aplicar taxas extorsivas sobre a importação de escravos que praticamente extinguiram o tráfico entre províncias, embora este só tenha se tornado ilegal com a aprovação da Lei dos Sexagenários, em setembro de 1885 (ver adiante).

O Nordeste, que em 1822 concentrava dois terços da população escrava brasileira, tinha agora menos cativos do que, por exemplo, a província de Minas Gerais. Em Pernambuco, e sobretudo na Bahia, alguns fazendeiros de cana ainda possuíam centenas, ou mesmo milhares de escravos. O investimento recente em cativos, no entanto, fora pequeno, e a população escrava existente, incapaz de se renovar, envelhecia rapidamente; além disso, pelo menos em Pernambuco, havia uma oferta adequada de mão de obra "livre" alternativa que agora estava sendo usada. Ainda que não estivessem promovendo seu colapso total, muitos latifundiários nordestinos já não consideravam a sobrevivência do sistema escravagista uma questão de vida ou morte. Os escravocratas aguerridos estavam concentrados sobretudo no Centro-Sul, em especial nas regiões cafeeiras mais antigas e decadentes do Rio de Janeiro e do Sul de Minas. Nessas áreas, muitos proprietários de terras tinham realizado investimentos recentes e pesados em cativos, comprando-os por valores altos e arcando com custos de manutenção; seus escravos eram mais jovens do que os do Nordeste, e potencialmente móveis, ou seja, propensos a serem transferidos, caso surgisse oportunidade, para as novas áreas cafeeiras de São Paulo; por fim, não havia nenhuma alternativa barata de mão de obra livre disponível.

Nas regiões Norte e Oeste da província de São Paulo, uma nova região cafeeira em expansão, o problema era mais complexo. Ali, os fazendeiros que produziam café para um mercado mundial pujante se viam em uma situação inédita: pela primeira vez na história do país, a escravidão não conseguia mais suprir a demanda de mão de obra do setor mais dinâmico da economia. Era cada vez mais difícil conseguir escravos, comprá-los e mantê-los; eles agora talvez fossem um mau investimento de longo prazo. Os fazendeiros ditos "progressistas", ou seja, com atitudes mais capitalistas em relação à terra, ao crédito, ao investimento em máquinas e transportes, estavam, portanto, menos comprometidos com a mão de obra escrava do que os do vale do Paraíba, ou mesmo os latifundiários de açúcar do Nordeste. É um erro, porém, considerá-los necessariamente contrários à escravidão. Os brasileiros livres ainda não eram julgados adequados para o trabalho disciplinado nas lavouras de café, e tampouco pareciam dispostos a se dedicar a ele. Até que se encontrasse uma alternativa, a escravidão continuava a ser o sistema preferencial de mão de obra dos latifundiários paulistas, pelo menos no curto prazo.

O debate público sério sobre o inexorável processo de transição de um sistema em que predominava o trabalho escravo para outro no qual predominasse o trabalho livre ainda era fraco, apesar da aprovação, em março de 1879, de uma Lei de Locação de Serviços, primeira tentativa de estruturar um "mercado de trabalho livre" no Brasil, proibindo a vadiagem, regulando as experiências com contratos de trabalho de longa duração (três anos para europeus, cinco para brasileiros, sete para libertos), e controlando os trabalhadores "livres" por meio da punição às violações de contrato e à resistência coletiva às condições de trabalho, notadamente as greves.[17] A questão mais ampla de como prover a agricultura extensiva, em especial a cafeeira, com uma oferta permanente de mão de obra livre a longo prazo, porém, raras vezes era abordada com seriedade. Uma solução possível era a mão de obra chinesa (cules). Em 1878, o governo brasileiro se declarou favorável à imigração chinesa, e no ano seguinte enviou uma missão à China. No entanto, as opiniões dos fazendeiros em relação à solução chinesa estavam divididas, como fica claro, por exemplo, nos dois Congressos Agrários nacionais ocorridos no Rio de Janeiro em julho de 1878 e no Recife em outubro do mesmo ano. A imprensa e o público eram hostis à ideia, sobretudo por motivos étnicos ou racistas, manifestando temores relacionados à "degeneração" da população brasileira. Já os abolicionistas se opunham a essa solução porque o tráfico de

---

17 ❁ Ver Maria Lúcia Lamounier, *Da escravidão ao trabalho livre*: *A Lei de Locação de Serviços de 1879*, Campinas, 1985, e Ademir Gebara, *O mercado de trabalho livre no Brasil (1871-1888)*, São Paulo, 1986.

cules poderia se tornar "um novo tráfico de escravos" que prolongaria a escravidão no Brasil.[18]

Em janeiro de 1878, após dez anos de domínio conservador, o imperador convidou os Liberais para formar um governo. Liderada pelo visconde de Sinimbu, a nova administração apoiava a escravidão de forma incondicional, e a recém-eleita Câmara dos Deputados, de maioria liberal avassaladora, não era menos comprometida com a agricultura e oposta à emancipação dos escravos do que sua antecessora. No entanto, a ala liberal reformadora, que fora cada vez mais frustrada pelo impacto limitado da lei de 1871 na instituição escravagista brasileira, sentiu uma oportunidade para desafiar o pacto entre Estado e senhores de escravos e reabrir a questão da emancipação gradual. E foi em Joaquim Nabuco que esse grupo encontrou seu novo líder.

Antes de falecer, em março, o senador Nabuco de Araújo, com apoio de Domingos de Souza Leão, barão de Vila Bela, líder libe-

18 Por exemplo, o discurso de 3 de setembro de 1879 em Joaquim Nabuco, *Discursos parlamentares*, 1879-1889, São Paulo: Instituto Progresso Editorial, 1949 (*Obras completas*, Vol. IX), págs. 59-67. Também Nabuco para Charles Allen, 8 de abril de 1880, em Leslie Bethell & José Murilo de Carvalho (orgs.), *Joaquim Nabuco e os abolicionistas britânicos: Correspondência 1880-1905*, Rio de Janeiro: Topbooks/Academia Brasileira de Letras, 2008, pág. 56. Ver Robert Conrad, "The planter class and the debate over Chinese immigration to Brazil, 1850-1893", *International Migration Review*, 9/1, 1975.

ral em Pernambuco, havia pavimentado o caminho para o filho de 28 anos de modo que este fosse eleito para a Câmara dos Deputados no pleito marcado para setembro. Em abril de 1878, Joaquim Nabuco, então adido da legação brasileira em Londres, abandonou a breve carreira diplomática e retornou ao Brasil. Foi eleito deputado liberal no Recife, e tomou posse em janeiro de 1879. Coube ao deputado liberal baiano Jerônimo Sodré Pereira, professor de medicina, católico ultramontano e genro do senador baiano Manuel Pinto de Sousa Dantas, em discurso proferido em 5 de março, e a Rodolfo Dantas, filho do senador Dantas, em 22 de março, colocar a abolição da escravatura na pauta política pela primeira vez desde 1871. O primeiro discurso de Nabuco não foi sobre a emancipação dos escravos, mas sim sobre a questão da liberdade religiosa. No entanto, ele logo abraçou a causa abolicionista. De 1879 em diante, até a escravidão ser extinta em maio de 1888, dedicou-se integralmente a essa causa, tanto dentro quanto fora da Câmara.

Há várias explicações para quando, como e por quê Nabuco se tornou abolicionista. Graças às extensas leituras quando criança, ele conhecia os nomes dos abolicionistas ingleses e norte-americanos, em especial William Wilberforce, William Lloyd Garrison, Frederick Douglass e, claro, Abraham Lincoln. Em *Minha formação*, sua "autobiografia literária, intelectual e política" publicada em 1900, alega ter lido "mil vezes" *A cabana do Pai Tomás*, de Harriet Beecher Stowe.[19] Mas foi como estudante da Faculdade de Direito de São Paulo, entre 1866 e 1868, que co-

---

19 ❁ Joaquim Nabuco, *Minha formação* [1900] Rio de Janeiro: Topbooks, 1999, pág. 162.

nheceu os poemas antiescravidão de Castro Alves e entrou pela primeira vez em contato regular com as ideias antiescravagistas (e republicanas) que circulavam entre docentes e alunos.

Quando cursava o último ano na Faculdade de Direito do Recife, em 1869-70, Nabuco tornou-se conhecido ao defender diante do tribunal de recursos da cidade um escravo, Thomaz, acusado de matar um homem que o estava açoitando em público e outro que tentara impedir sua fuga da prisão. Após argumentação eficaz contra a escravidão, um crime em si, o açoitamento e a pena de morte, Nabuco garantiu uma pena de prisão perpétua para o cativo, em vez da esperada execução.[20] Foi um ato de coragem para um estudante de 20 anos em uma região de senhores de escravos poderosos, alguns deles membros da sua própria família. Em um extenso trabalho de faculdade chamado "A escravidão", cujas duas primeiras partes se intitulavam "O crime" e "A história do crime" – a terceira parte prevista, "A reparação do crime", não chegou a ser concluída –, Nabuco escreveu, de modo igualmente corajoso, que, embora as ações do governo britânico (amparado pela *Bill Aberdeen*) para forçar o Brasil a abolir o tráfico negreiro tivessem sido "um ultraje a nossa dignidade de povo independente", e a recusa da Grã-Bretanha de revogar a lei antes de abril de 1869 como garantia contra uma recrudescência

20 Ver Peter M. Beattie, "Joaquim Nabuco, o advogado, e Thomaz, o escravo: perspectivas locais, nacionais e comparativas sobre antiescravidão e pena de morte", *in Conferências sobre Joaquim Nabuco*, 2 vols., Rio de Janeiro: Bem-Te-Vi Produções Literárias, 2010: Vol. 2, *Joaquim Nabuco em Wisconsin*, Severino J. Albuquerque (org.).

do tráfico houvesse obrigado o Brasil a viver "25 anos sob a tutela da Inglaterra", "a vergonha [foi] nossa", porque o Brasil confiou à Inglaterra "o papel de defensor da humanidade".[21]

A influência do pai, senador José Thomaz Nabuco de Araújo, também teve importância na evolução do pensamento de Nabuco sobre a escravidão e sua abolição. "Nenhuma sanção moral foi tão forte para mim como a consciência da relação que me prendia a ele", escreveu Nabuco em *Minha formação*,[22] descrevendo como, quando jovem estudante na Faculdade de Direito do Recife, acompanhou de perto o envolvimento do pai no esforço para aplicar a Lei do Ventre Livre e o ajudou a traduzir documentos publicados no *Anti-Slavery Reporter*, periódico da *British and Foreign Anti-Slavery Society* londrina. Em carta escrita ao pai em 1870, confessa que seu maior desejo é vê-lo presidente do Conselho de Ministros por apenas dois dias, para que pudesse abolir a escravidão por decreto e se tornar assim "o Lincoln brasileiro". [23]

Acima de tudo, segundo escreveu, Nabuco foi inspirado pela própria experiência pessoal da escravidão durante a infância, em

21 ❁ O original autografado com 230 páginas manuscritas de "A escravidão" foi doado ao Instituto Histórico e Geográfico Brasileiro por Evelina, viúva de Nabuco, em setembro de 1924. O texto foi publicado pela primeira vez em *Revista do Instituto Histórico e Geográfico Brasileiro*, Vol. 204, 1949; 2ª ed. Recife: Fundação Joaquim Nabuco/Editora Massangana, 1988.

22 ❁ *Minha formação*, *op. cit.*, pág. 152.

23 ❁ Citado em Carolina Nabuco, *A vida de Joaquim Nabuco por sua filha*, São Paulo: Companhia Editora Nacional, 1928, págs 36-7. A biografia mais recente é Ângela Alonso, *Joaquim Nabuco*, São Paulo, Companhia das Letras, 2007.

Pernambuco. *Minha formação* tem um trecho conhecido no qual ele descreve uma visita feita em 1869, aos 20 anos, a Massangana, o engenho onde havia passado os primeiros oito anos de vida. Lá, entrou no pequeno curral atrás da capelinha de São Mateus que era um cemitério de escravos. Em pé no meio das cruzes que demarcavam os túmulos, refletiu sobre o passado e recordou o nome de muitos dos escravos que havia conhecido. "Foi assim", escreveu, "que o problema moral da escravidão se desenhou pela primeira vez aos meus olhos em sua nitidez perfeita e com sua solução obrigatória... Então ali mesmo, aos 20 anos, formei a resolução de devotar a minha vida, se assim me fosse dado, ao serviço da raça generosa entre todas."[24] A força motriz por trás de sua oposição à escravidão, segundo alegou, era a "querida e abençoada memória" da infância e do sofrimento dos "santos pretos" que havia testemunhado. Tratava-se, portanto, de um compromisso pessoal, emotivo, sentimental até, e essencialmente moral de pôr fim à escravidão.

Esse capítulo de *Minha formação*, contudo, foi escrito quase trinta anos depois da visita a Massangana. Em "A escravidão" (1870), escrito na época, em seu diário, nos escritos tardios, em especial *O abolicionismo* (1883), em seus discursos nas campanhas eleitorais de 1884 e 1887, a escravidão era combatida com outros argumentos: tratava-se de um crime, em grande medida ilegal pela lei de 1831, uma coisa bárbara, um ultraje contra a civilização, parte da herança colonial junto com os latifúndios e a monocultura responsáveis pelo atraso social e econômico do

24 ❁ *Minha formação, op. cit.*, pág. 168.

país, "uma escola de desmoralização e inércia", um obstáculo ao progresso econômico e político, à cidadania e à construção de uma nação, "o inimigo do Brasil". A escravidão também era responsável pelo *status* internacional de pária do país: "o Paraguai da escravidão". Somente com a abolição da escravatura o Brasil poderia ser "alçado à dignidade de um país livre diante dos Estados Unidos e do mundo, assim como em 1822 foi alçado à condição de nação soberana". A abolição seria, portanto, o catalisador tanto da regeneração nacional quanto do respeito internacional.

Embora não haja dúvida de que Nabuco foi radicalmente contra a escravidão durante toda a vida, há poucos indícios, seja em sua extensa correspondência ou nos diários, de que a decisão de dedicar sua vida à abolição tenha sido tomada antes de 1879, ano em que ingressou pela primeira vez na Câmara dos Deputados. Nos anos depois de se formar na Faculdade de Direito do Recife, em novembro de 1870, a abolição não era sua preocupação central. Na França e na Inglaterra, em 1873-4, nos Estados Unidos, em 1876-7 (após a Guerra de Secessão), e outra vez na Inglaterra, em 1877-8, ele não parece ter feito esforço algum para entrar em contato com abolicionistas. A única referência à abolição em seu diário antes de ser eleito deputado foi feita durante o período como adido na legação brasileira em Washington: "No Brasil é necessário renovar-se a campanha abolicionista. A lei de 28 de setembro deve ser tomada como o primeiro passo. Não há contrato com os fazendeiros de parar aí. É preciso destruir essa nódoa que nos envergonha aos olhos do mundo."[25]

25 ❁ Joaquim Nabuco, *Diários*, 2 vols., I 1873-1888, II 1889-1910, Rio de Ja-

A iniciativa específica que pela primeira vez rendeu renome nacional e internacional a Nabuco como defensor dos escravos no Brasil após a eleição para a Câmara dos Deputados foi sua denúncia, nos discursos de 26 de agosto e 30 de setembro de 1879, da Companhia Mineradora de São João d'El Rey, de propriedade britânica, por possuir escravos ilegais. Além dos cativos próprios, a empresa tinha mais de mil escravos na mina de ouro de Morro Velho, em Nova Lima, Minas Gerais, adquiridos ("arrendados") das companhias mineradoras de Cata Branca, Cocais e Gongo Soco quando estas faliram em meados da década de 1840, com uma cláusula contratual de libertá-los após 14 anos de serviços. Vinte anos, porém, haviam transcorrido sem que nada fosse feito para garantir sua liberdade.[26] Os discursos de Nabuco tiveram repercussões por toda a Europa, gerando comentários favoráveis, por exemplo, na *Revue des deux mondes* na França, mas particularmente na Grã-Bretanha. O secretário da *British and Foreign Anti-Slavery Society*, Charles Harris Allen, escreveu lhe dando os parabéns por sua defesa dos escravos da mina de

---

neiro: Bem-Te-Vi Poduções Literárias/Recife: Editora Massangana, 2005, prefácio e notas Evaldo Cabral de Mello, Vol. I, pág. 169: 17 de junho de 1877.

26 ❁ Nabuco lutou pela liberdade dos escravos da Cata Branca nos tribunais brasileiro e britânico até os 223 ainda vivos serem finalmente libertados, em junho de 1882. Ver Bethell & Carvalho (orgs.), *Correspondência*, *op. cit.*, págs. 47-9, e Courtney J. Campbell, "Tinha apenas em vista chamar a atenção: Joaquim Nabuco, os abolicionistas e o caso de Morro Velho", *in Conferências sobre Joaquim Nabuco*, 2 vols., Rio de Janeiro: Bem-Te-Vi Produções Literárias, 2010: Vol. II, *Joaquim Nabuco em Wisconsin* Severino, J. Albuquerque (org.).

Morro Velho. Na resposta, Nabuco escreveu: "Garanto-lhe que sempre me encontrará neste posto de luta que hoje ocupo. Ponho meu interesse pela emancipação acima de qualquer outro, inclusive acima de qualquer lealdade ou envolvimento partidário. Quando comparada a essa imensa reforma social... qualquer outra reforma política fica em segundo plano."[27]

Em abril de 1880, Nabuco disse a Allen que estava planejando apresentar ao Parlamento um projeto de lei a favor da abolição total da escravatura no Brasil em 10 de janeiro de 1890. Uma abolição imediata era impossível devido ao impacto nas finanças públicas e produção agrícola. Considerando a força da opinião pró-escravidão, tanto no Partido Liberal quanto no Partido Conservador, não esperava sequer que a modesta proposta fosse aprovada. No entanto, a exemplo do que fizera William Wilberforce na Inglaterra para garantir a aprovação do projeto de lei que declarava a escravidão ilegal em todo o Império em 1834, planejava introduzi-la em todas as sessões até que, como resultado da pressão crescente da opinião abolicionista, ela fosse enfim aprovada. "A fronteira da próxima década", previu Nabuco, "não será transposta no Brasil... por um só homem que chame a si mesmo de escravo."[28]

Um projeto de lei para melhorar e eventualmente abolir a escravidão, apresentado na Câmara dos Deputados em 24 de agosto, incluía novos impostos sobre cativos para reforçar o Fundo de

---

27 ❁ Allen para Nabuco, 8 de janeiro de 1880, Nabuco para Allen, 8 de abril de 1880, *in* Bethell & Carvalho (orgs.), *Correspondência*, *op. cit.*, págs. 57-9.

28 ❁ Nabuco para Allen, 8 de abril de 1880, *in* Bethell & Carvalho (orgs.), *Correspondência*, *op. cit.*, pág. 61.

Emancipação previsto pela lei de 1871, a proibição do tráfico de escravos entre províncias, a abolição dos castigos físicos, a proibição da separação de mães e filhos escravos menores de oito anos, uma proteção maior para os cativos acima dos 60 anos, e a emancipação de quaisquer escravos de propriedade do Estado remanescentes. No entanto, diante da força da inevitável oposição, o projeto era moderado, uma vez que não só previa um período de dez anos antes da emancipação total dos escravos, mas também uma compensação para os senhores – como fizera a Grã-Bretanha em suas colônias meio século antes, ressaltou Nabuco. Mesmo assim, o projeto não conseguiu ir adiante. De início, 38 dos 122 deputados assinaram um pedido de urgência na votação para decidir se debatiam ou não o projeto, mas uma semana depois, quando o sucessor de Sinimbu como presidente liberal do Conselho de Ministros, senador José Antônio Saraiva, transformou o pedido em uma questão de confiança no seu governo, apenas 18 deputados (14 do Norte, dos quais sete de Pernambuco) na realidade votaram a favor do debate, e o projeto foi retirado com discrição da pauta. Nabuco ficou profundamente decepcionado, mas seguiu acreditando que a abolição era uma questão apenas para o Parlamento. "A emancipação", escreveu ele para Allen, "não pode ser feita por meio de uma revolução", o que significaria "destruir tudo. Ela só pode ser realizada por maioria parlamentar".[29]

Em 1879-80, pela primeira vez desde 1867-71, várias associações dedicadas à emancipação dos escravos foram criadas no

29 ❁ Nabuco para Allen, 5 de junho de 1881, *in* Bethell & Carvalho (orgs.), *Correspondência*, *op. cit.*, pág. 109.

Brasil. Seus integrantes eram em sua maioria membros da cada vez mais numerosa classe média urbana profissional, mais jovens e mais instruídos, influenciados em sua oposição à escravidão pelo que John Stuart Mill chamara de "alastramento de convicção moral" – muito embora no Brasil, ao contrário de Grã-Bretanha e EUA anos antes, essas convicções fossem seculares, e não religiosas: não havia *quakers* no Brasil, e tampouco ocorreu nenhum *Great Awakening* (Grande Despertar). O que incentivava esses indivíduos, frustrados pelos resultados decepcionantes da lei de 1871, era a oportunidade de progresso futuro oferecida, segundo acreditavam, pela volta dos Liberais ao poder. As mais importantes associações eram, em Pernambuco, o Club Abolicionista do Recife e a Sociedade Nova Emancipadora, a Sociedade Libertadora Cearense e, no Rio de Janeiro, a Associação Central Emancipadora – conduzida pelo jornalista militante José do Patrocínio, um cafuzo, mestiço de índio, europeu e africano, que se identificava como negro – fundada em agosto de 1880, e a Sociedade Brasileira Contra a Escravidão, criada por Nabuco e um grupo de correligionários reunido em sua casa em 7 de setembro, dia da independência do Brasil. O próprio Nabuco foi eleito presidente da Sociedade Brasileira, enquanto o tesoureiro era seu amigo André Rebouças, negro, baiano, engenheiro e professor do Instituto Politécnico do Rio. Várias associações menores contrárias à escravidão se uniram à Sociedade, e o comitê executivo contava com sete representantes da Associação Central Emancipadora, bem como cinco deputados e dois ex-presidentes de província.

Nabuco logo encontrou uma oportunidade para pôr a Sociedade Brasileira Contra a Escravidão no mapa e reacender o debate sobre escravidão no Parlamento, na imprensa e nas ruas. Em 19 de outubro de 1880, escreveu uma carta aberta para Henry Washington Hilliard – ex-membro do Congresso norte-americano e professor de Direito da Universidade do Alabama, nomeado ministro dos EUA no Brasil em outubro de 1877 – solicitando suas opiniões sobre escravidão, emancipação e trabalho livre no Sul dos Estados Unidos. Sabia que Hilliard era um moderado sulista pró-União, que havia defendido a escravidão como instituição legal segundo a Constituição, mas estava agora pronto para aproveitar a oportunidade de se redimir tornando-se um defensor da emancipação no Brasil. No dia 25 de outubro, Hilliard respondeu a Nabuco oferecendo total apoio à Sociedade Brasileira e à causa abolicionista no Brasil, e propondo a data simbólica de 28 de setembro – embora só em 1887 – para emancipar os 1,5 milhão de escravos remanescentes no país. A correspondência entre Nabuco e Hilliard teve ampla cobertura da imprensa, bem como o banquete em homenagem ao americano oferecido no Hotel dos Estrangeiros do Rio pela Sociedade, ao qual compareceram 50 brasileiros proeminentes (além de uma grande multidão na rua, a escutar pelas janelas abertas). O recinto em que se deu o banquete tinha nas paredes retratos de Abraham Lincoln, William Lloyd Garrison e outros. O cardápio incluiu *mayonnaise de homards à moda de Wilberforce*, *jambon d'York à moda de Garrison*, *culotte de boeuf à moda de Paranhos*, *etc.* Os discursos foram seguidos por *liqueurs l'Emancipation*.[30] O *affair*

---

30 ❁ Ver David I. Durham, *A Southern Moderate in Radical Times: Henry Washington Hillard*, 1808-1892, Baton Rouge: Lousiana State University

Hilliard reacendeu o debate público sobre abolição no Brasil. A imprensa conservadora e os políticos conservadores acusaram o ministro norte-americano de interferir nas questões domésticas brasileiras, e a Câmara de Deputados organizou uma sessão extraordinária em 25 de novembro para debater a intervenção de Hilliard – e a escravidão.

Em seu discurso no banquete em homenagem a Hilliard, Nabuco ressaltou a necessidade de mobilizar a opinião pública mundial para apoiar o movimento de emancipação no Brasil. A opinião pública ainda não fora mobilizada no país em si, e não havia qualquer sinal de enfraquecimento na resistência à abolição no Parlamento. A elite política brasileira, porém, inclusive o imperador, e até mesmo os próprios senhores de escravos, podia ser influenciada pela opinião internacional, sobretudo britânica e francesa. O uso da pressão externa contra a resistência interna sem dúvida havia contribuído para a introdução e aprovação da Lei do Ventre Livre, em 1871. Uma das primeiras medidas tomadas pela Sociedade Brasileira contra a Escravidão foi anunciar sua existência à *British and Foreign Anti-Slavery Society* e outras sociedades abolicionistas estrangeiras, e distribuir cópias de seu manifesto em inglês e francês. Em dezembro, aproveitando o recesso parlamentar, Nabuco partiu para a Europa, decidido a despertar ele próprio a atenção internacional para o fato de que a escravidão continuava a existir no Brasil.

Press, 2008, cap. 7, págs. 166-96. Ver também David I. Durham e Paul M. Pruitt Jr., *A Journey in Brazil: Henry Washington Hilliard and the Brazilian Anti-Slavery Society*, Tuscaloosa: University of Alabama School of Law, 2008.

Em Lisboa, no dia 8 de janeiro, ele foi recebido na Câmara dos Deputados como líder do "partido" abolicionista no legislativo brasileiro. Um jantar em sua homenagem foi oferecido pelo grande caricaturista português Rafael Bordalo Pinheiro. Em Madri, onde um ano antes as *Cortes Generales* haviam abolido a escravidão em Cuba (embora os cativos devessem passar oito anos em um sistema de patronato, prazo depois reduzido para seis anos),[31] foi homenageado pela *Sociedad Abolicionista Española*, presidida pelo cubano Rafael Maria de Labra e cujos membros proeminentes incluíam um porto-riquenho, Ramon Emerito Netanies, e um filipino, Antonio Regidor y Jurada. Em Paris, encontrou-se com o presidente veterano da sociedade abolicionista francesa, Victor Schoelcher, que havia desempenhado um papel central na abolição da escravatura nas colônias francesas em 1848.[32] Ao chegar a Londres, em fevereiro de 1881, procurou imediatamente a *British and Foreign Anti-Slavery Society*, fundada em 1839, após a emancipação dos escravos do Império Britânico, para funcionar como instituição informativa sobre a escravidão e o antiescra-

---

31 ❁ Sobre a abolição da escravatura em Cuba, ver Arthur F. Corwin, *Spain and the Abolition of Slavery in Cuba, 1817-1886*, Austin: University of Texas Press, 1967; Rebecca J. Scott, *Slave Emancipation in Cuba: The Transition to Free Labor, 1860-1899*, Princeton: Princeton University Press, 1985; Christopher Schmidt Nowara, *Empire and Anti-Slavery: Spain, Cuba and Puerto Rico, 1833-74*, Pittsburgh: University of Pittsburgh Press, 1999.

32 ❁ Ver Ângela Alonso, "O abolicionista cosmopolita: Joaquim Nabuco e a rede abolicionista transnacional", *Novos Estudos CEBRAP*, nº 88, nov. 2010, págs. 55-70.

vagismo e promover sua abolição no mundo inteiro. Foi considerada pela Sociedade Brasileira a "primeira e mais influente organização desse tipo no mundo", cuja cooperação era essencial para combater a escravidão no Brasil.[33] A BFASS, por sua vez, acolheu Nabuco em uma sessão especial em sua honra no dia 4 de março. No dia 23, no *Charing Cross Hotel*, houve um esplêndido café da manhã em sua homenagem presidido por Thomas Fowell Buxton, filho do célebre abolicionista de mesmo nome que estava prestes a se tornar presidente da sociedade britânica. Cento e cinquenta pessoas compareceram, entre elas 11 parlamentares. Buxton fez um breve discurso, e Nabuco outro, "um pouco longo demais", segundo o *Times*, e em inglês excelente, segundo o *Evening Standard*. O banquete teve ampla cobertura da imprensa londrina e, com a mesma importância, da imprensa carioca. A conexão britânica foi consolidada, e notadamente as relações entre Nabuco e Charles Allen, secretário da *British and Foreign Anti-Slavery Society* de 1879 a 1898, que se tornou e continuaria a ser um amigo próximo até sua morte, em dezembro de 1904.

Nabuco voltou ao Brasil em abril de 1881. Quando a Câmara dos Deputados foi dissolvida, em 30 de junho – sem que nada houvesse sido obtido em relação à abolição – ofereceu-se como candidato para o primeiro distrito da Corte, ou seja, a capital, Rio de Janeiro, nas eleições que iriam ocorrer em 31 de outubro. Caso perdesse, disse a Allen, teria tido uma carreira política bem

---

33 ❁ Sociedade Brasileira contra a Escravidão para *British and Foreign Anti-Slavery Society*, 20 de dezembro de 1880, *in* Bethell & Carvalho (orgs.), *Correspondência*, *op. cit.*, págs. 74-7.

curta, mas "ficarei feliz de não a ter longa se para isso tivesse que me submeter à escravidão e negociar com ela."[34] Apesar de uma forte campanha, na qual teve o apoio dos abolicionistas, foi de fato derrotado e forçado a deixar o Parlamento. Na legislatura recém-eleita, os abolicionistas formavam uma minoria ainda menor do que antes, uma dúzia de simpatizantes, no máximo, a maioria liberal: por exemplo, Adolfo Bezerra de Menezes (RJ), Afonso Celso (MG), Rodolfo Dantas e Rui Barbosa (BA), José Mariano (PE). O único que se poderia qualificar de totalmente comprometido era Mariano. Nem os líderes dos liberais nem os dos conservadores estavam preparados para assumir a responsabilidade por um projeto de lei que abolisse a escravidão, ainda que de forma gradual. Um primeiro-ministro liberal, Saraiva, foi sucedido por outro, Martinho Campos, mais próximo dos conservadores, com uma vigorosa atitude contrária à emancipação dos cativos. Ele não julgava a escravidão "uma instituição boa e santa", e tampouco achava que devesse durar para sempre; pela lei de 1871, ela seria pouco a pouco substituída pela mão de obra livre. No entanto, no futuro previsível, a escravidão era necessária para a produção de café e para a "paz e tranquilidade" na zona rural.[35] A lei de 1871 que seguisse seu curso. Em dezembro, frustrado, e apesar de acusado por alguns de ter abandonado a

---

34 Nabuco para Allen, 5 de junho de 1881, *in* Bethell & Carvalho (orgs.). *Correspondência*, *op. cit.*, pág. 107.

35 Isabel A. Marson e Célio R. Tasinafo, "Considerações sobre a história do livro e seus argumentos", *in* Joaquim Nabuco, *O abolicionismo*, Brasília: Editora UnB, 2003, págs. 30-4.

luta cedo demais, Nabuco deixou o Brasil e voltou para Londres, "temporariamente", como afirmou em seu pronunciamento de despedida "Aos abolicionistas brasileiros"; aquele era "virtualmente um exílio forçado".[36]

❁

Durante a estada em Londres, de dezembro de 1881 a abril de 1884, Nabuco ganhou a vida como advogado, consultor de empresas inglesas com investimentos no Brasil e correspondente estrangeiro do *Jornal do Commercio* (ver Capítulo 3), mas dedicou boa parte de seu tempo à promoção da causa abolicionista. "Sou homem de uma só ideia", disse ao barão de Penedo, o ministro brasileiro, "mas não me envergonho dessa estreiteza mental porque essa ideia é o centro e a circunferência do progresso brasileiro".[37] Penedo, filho de um latifundiário alagoano, não compartilhava o entusiasmo de Nabuco pela abolição, mas nunca lhe pediu que mudasse de opinião ou tentou cercear suas atividades em Londres, nem mesmo quando o hospedou em sua casa.

Nabuco trabalhou de perto com a *Anti-Slavery Society*, e comparecia às reuniões mensais da instituição em *Broad Street*, perto do *London Wall*. Junto com Charles Allen, montou um eficiente

36 ❁ *O abolicionista*, periódico da Sociedade Brasileira contra Escravidão, 10 de dezembro de 1881. Essa foi a última edição da publicação.

37 ❁ Nabuco a Penedo, Brighton, 4 de outubro de 1882, em Joaquim Nabuco, *Cartas a amigos*, Vol. I, *1864-1898*, Vol. II, *1899-1909* (*Obras completas*, Vols. XIII e XIV), São Paulo: Instituto Progresso Editorial, 1949, Vol. I, pág. 73.

sistema de propaganda: forneceria informações a Allen, que ficaria responsável por passá-las à imprensa, sobretudo para o *Times*. Quando não pudesse fazê-lo, o que era raro acontecer, Allen as publicaria no periódico da própria Society, o *Anti-Slavery Reporter*. O *Times*, que Nabuco chamava de "a voz da civilização"[38] e que tinha uma posição clara a favor da abolição no Brasil, era o veículo ideal, uma vez que tinha enorme influência tanto dentro quanto fora da Grã-Bretanha, e também no Brasil. Ele manteve os laços com Rafael Labra em Madri e Victor Schoelcher em Paris. Participou de algumas reuniões internacionais, entre elas o Congresso Internacional de Direito organizado em Milão, em setembro de 1883, onde apresentou, em francês, um documento importante preparado originalmente para uma reunião do Instituto de Direito Internacional em Turim no ano anterior. Em agosto de 1884, planejava organizar um grande congresso internacional antiescravidão no *Grand Hotel d'Orleans*, em Petrópolis, que levaria ao Brasil os principais abolicionistas europeus e americanos.

A partir de meados de 1882, na biblioteca do finado Richard Cobden em Brighton e no Museu Britânico de Londres, Nabuco fez pesquisas durante mais de um ano para seu livro *O abolicionismo*, publicado em Londres em agosto de 1883. Obra de propaganda política endereçada à "massa ativa dos cidadãos brasileiros", pretendia ser o primeiro de uma série de volumes sobre reformas nacionais: abolição da escravatura, reforma financeira, reforma da educação pública, melhorias na representação política, um cer-

38 ❁ Nabuco para Allen, 27 de julho de 1883, em Bethell & Carvalho (orgs.), *Correspondência*, *op. cit.*, pág. 195.

to grau de descentralização administrativa, igualdade religiosa, imigração europeia. A abolição da escravatura era apenas o início do "*Rinnovamento* brasileiro".[39] No entanto, "a emancipação dos escravos e dos ingênuos [dos quais os primeiros tinham se tornado legalmente livres em 1879, aos oito anos de idade]... deve ter precedência sobre todas as outras reformas."[40] Ele também via com mais clareza do que em 1880 que a lei de 1871, longe de promover a causa da abolição, a havia paralisado. "Imperfeita, incompleta, impolítica, injusta, e até absurda", a não ser, é claro, pelo fato de que "ninguém mais nasce escravo", a lei servira para anestesiar os senhores de escravos durante anos. Era "nada menos do que um bloqueio moral da escravidão", e deveria ser revogada.[41]

Com relação à abolição em si, Nabuco havia se tornado mais radical. Em 14 de julho de 1882, dia da Queda da Bastilha, o deputado cearense Antônio Pinto apresentou ao Parlamento brasileiro um abaixo-assinado redigido por Nabuco em Londres, dessa vez não defendendo a abolição após dez anos, mas a "total

---

39 ❁ Expressão usada por Nabuco no capítulo final de *O abolicionismo*: "XVII: Receios e consequências – conclusão", referindo-se ao momento de modernização da sociedade brasileira.

40 ❁ *O abolicionismo*, "Prefácio". Ver também Nabuco para Sancho de Barros Pimental, 31 de agosto de 1883, em *Cartas a amigos*, Vol. I, págs 103-4. Nabuco não conseguiu convencer Pimental, Rui Barbosa e Rodolfo Dantas a escrever sobre alguns dos outros temas.

41 ❁ Nabuco para Saraiva, 28 de novembro de 1882, em Marson & Tasinafo, "Considerações sobre a história do livro", *op. cit.*, pág. 52; *O abolicionismo*, cap. VIII, "As promessas da 'Lei de Emancipação'".

abolição de escravidão, seja imediata ou dentro de curto prazo, a ser definido imediatamente", ainda que previsse a indenização dos senhores pela perda de seus cativos.[42] Em *O abolicionismo*, ele reiterou a necessidade da emancipação imediata dos escravos, mas agora sem qualquer compensação para seus proprietários que, segundo argumentou, já tinham sido suficientemente compensados pelo trabalho dos cativos. O abaixo-assinado, como era inevitável, não conseguiu nenhum apoio significativo. Mesmo assim, Nabuco seguiu acreditando que a abolição deveria ser pacífica, não o resultado de uma insurreição, como no Haiti, ou de uma guerra, como nos EUA, mas sim uma lei aprovada no Parlamento: era "no Parlamento, e não em fazendas ou quilombos do interior, nem nas ruas ou praças das cidades que se [haveria] de ganhar, ou perder, a causa da liberdade".[43]

A estratégia de Nabuco ao internacionalizar a luta pela abolição no Brasil, porém, não era isenta de riscos. Durante suas visitas à Europa, foi acusado pelos defensores da escravidão de denegrir o nome do Brasil no estrangeiro ao revelar os males da escravidão e, portanto, de não estar sendo patriota. Essa acusação o atingiu profundamente, e contra ela defendeu-se em várias ocasiões. Uma boa parte de seu discurso no café da manhã em sua homenagem oferecido pela *British Anti-Slavery Society* de Londres em março de 1881 foi dedicada a esse tema. Segundo ele, estava sendo acusado de incentivar na Europa "uma espécie

---

42 ❁ *Annaes do Parlamento Brasileiro*, 1882, tomo II, p. 294; *Jornal do Commercio*, 15 de julho de 1882.

43 ❁ *O abolicionismo*, pág. 12.

de intervenção moral europeia em nossas questões domésticas, e de (...) expor ao mundo um infortúnio nacional que deveria ser escondido com unhas e dentes da visão alheia". Sua resposta foi que ficava "muito satisfeito quando a opinião liberal de qualquer partido estrangeiro aplaude o nosso trabalho... não queremos construir uma muralha da China para proteger os senhores de escravos das influências gerais que tornaram o mundo incompatível com a escravidão".[44] Em *O abolicionismo*, Nabuco denunciava o que chamou de "a corrupção do patriotismo", o uso do sentimento patriótico para defender uma instituição condenada por todo o mundo civilizado, um patriotismo retrógado, de casta, escravista. Nutria uma crença fundamental de que a abolição da escravatura era uma questão civilizatória, de progresso moral da humanidade, de propagação de valores universais aos quais, no fim das contas, país nenhum podia escapar. Nenhuma ação que tentasse alçar o Brasil a um nível de civilização já alcançado por outras nações poderia ser considerada antipatriótica.

---

44 *O abolicionista*, 10 de maio de 1881, págs. 5-6. Uma rejeição ainda mais enfática da acusação de comportamento antipatriótico foi provocada por um artigo do professor Goldwin Smith, historiador britânico-canadense, publicado na *Macmillan Magazine* em março de 1886, no qual o autor criticava o fato de, cinquenta anos antes, William Lloyd Garrison, o abolicionista norte-americano, ter buscado o apoio da opinião pública inglesa. Nabuco escreveu uma refutação detalhada em defesa de Garrison, mas também em defesa própria, e perguntou a Allen se poderia publicá-la no *Times*. Essa foi uma das poucas ocasiões em que Allen não conseguiu incluir uma carta sua no jornal. O texto foi mais tarde publicado no *Anti-Slavery Reporter*, ago.-set., 1886.

Depois de quase dois anos e meio em Londres, Nabuco voltou ao Brasil em maio de 1884. Embora ainda não tivesse completado 35 anos, estava com a saúde debilitada, além de sentir falta de casa e precisar de férias da cansativa rotina de escrever nove correspondências por mês para o *Jornal do Commercio* e, desde novembro, duas por mês para o *La Razón* de Montevidéu. No entanto, a decisão de voltar foi sobretudo influenciada pelo fato de que o movimento abolicionista havia ganhado uma energia considerável fora do Parlamento durante a sua ausência, entre outros motivos por causa do fracasso do Parlamento em aprovar a legislação antiescravagista proposta por Nabuco em agosto de 1880, pela sua derrota e a de outros candidatos contrários à escravidão na eleição de novembro de 1881, e por uma sucessão de cinco primeiros-ministros liberais antiabolicionistas entre 1878 e 1884: Sinimbu, Saraiva, Martinho Campos, o visconde de Paranaguá (a partir de julho de 1882) e Lafayette Rodrigues Pereira (desde maio de 1883). Estava na hora de se envolver outra vez pessoalmente com o movimento, de reafirmar sua liderança; estava na hora, disse Nabuco a Allen, de "algum tipo de ação enérgica" da sua parte.[45]

❁

Segundo os cálculos de Ângela Alonso, na situação Liberal (1878-85) foram criadas 153 associações abolicionistas, contra 22

---

45 ❁ Nabuco para Allen, 31 de março de 1884, em Bethell & Carvalho (orgs.), *Correspondência*, *op. cit.*, pág. 207.

estabelecidas na situação Conservadora pré-Ventre Livre (1868-71) e apenas cinco na situação Conservadora pós-Ventre Livre (1872-7), mais de um terço delas em 1883, das quais 33 em Pernambuco, 32 no Rio de Janeiro, 21 no Ceará, 14 no Amazonas, 14 no Rio Grande do Sul, dez no Rio Grande do Norte e nove em São Paulo.[46] Seus membros eram sobretudo advogados, jornalistas, estudantes, professores, escritores, artistas, tipógrafos e, não menos importante, mulheres. Eram majoritariamente brancos no caso de Pernambuco, por exemplo, mas no Rio contavam com uma forte presença de mulatos e africanos. Nesse estágio, o movimento abolicionista brasileiro – pela primeira vez, é possível se referir a um movimento – era em grande parte pacífico e moderado em seus métodos e objetivos. Adotou uma política de organizar reuniões públicas abertas de modo a fazer a pressão pública pesar sobre governos hostis e relutantes que protegiam os interesses dos senhores de escravos, tanto no nível nacional quanto provincial. Essas reuniões em geral aconteciam não em prefeituras, igrejas e capelas como na Inglaterra e nos Estados Unidos, mas sim em teatros (daí o conceito usado por Alonso de "teatralização da política"), e incluíam música, poesia, leituras ou encenações. O objetivo era angariar dinheiro para incrementar os fundos de emancipação privados e municipais, e as reuniões terminavam com a apresentação de algumas cartas de alforria. Ao mesmo tempo, abolicionistas como Luís Gama, filho de pai português e mãe africana, vendido como escravo e depois libertado, apresentavam aos tribunais casos de escravos –

46 ❁ Alonso, *Flores, votos e balas*, *op. cit.*, págs. 169-70.

e seus descendentes – importados para o Brasil em violação da lei de 1831. Gama morreu em 1882, mas outros deram continuidade ao seu trabalho.

Em maio de 1883, 15 sociedades abolicionistas, 11 do Rio e uma cada do Espírito Santo, Pernambuco, Ceará e Rio Grande do Sul, juntaram-se para formar a Confederação Abolicionista, cujo presidente, João Clapp, era filho de imigrantes norte-americanos e havia se tornado gerente do Banco do Brasil. Outras províncias também tentaram consolidar suas diversas organizações abolicionistas. Em 14 de julho, por exemplo, as organizações do Recife se unificaram na Central Emancipadora do Município do Recife.[47] A Confederação Abolicionista proporcionava coordenação nacional para o movimento abolicionista e logo se tornou ativa em dez das vinte províncias brasileiras, incluindo sete das nove províncias do Norte/Nordeste. Em agosto, a organização publicou um manifesto radical a favor da abolição imediata, sem indenização.

Ao mesmo tempo, a imprensa carioca cada vez mais se opunha à instituição da escravatura. José do Patrocínio, que desde 1879 escrevia para a *Gazeta de Notícias*, transferiu-se em 1881 para a *Gazeta da Tarde*, de postura mais militante, fundada por José Ferreira de Menezes. A *Rio News*, cujo dono e editor Andrew Jackson Lamoureux tinha chegado ao Brasil, oriundo dos EUA,

47 ❁ Sobre o movimento abolicionista em Pernambuco, ver a tese de doutorado inédita, Celso Thomas Castilho, "Abolitionism Matters: The Politics of Anti-Slavery in Pernambuco, Brazil, 1869-1888", Universidade da Califórnia, Berkeley, 2008.

em 1874, tinha muitos leitores, não limitados à comunidade anglófona, e apoiava de modo consistente a abolição imediata, sem indenização. O *Jornal do Commercio*, o mais influente da capital, não tomava partido de forma ostensiva, mas um de seus editores desde 1880, Francisco Gusmão Lobo, pernambucano e amigo de Nabuco, era um abolicionista comprometido, e o redator-chefe da publicação desde 1868, Luís de Castro, também dava discreto apoio à causa. Mais importante, o semanário *Revista Ilustrada* publicou as devastadoras litografias satíricas do artista de origem italiana Angelo Agostini, o Daumier[48] brasileiro. Nabuco descrevia a *Revista Ilustrada* como "a Bíblia abolicionista do povo, o qual não sabe ler", ou seja, a maioria dos brasileiros.[49]

No dia 25 de março de 1884, o Ceará, onde escravos haviam sido libertados em sucessivos municípios e onde em maio de 1883, em um episódio famoso, os jangadeiros de Fortaleza haviam se recusado a transportar escravos para os navios a vapor que zarpavam em direção aos mercados do Sul,[50] tornou-se a primeira das províncias brasileiras a emancipar todos os seus cativos, seguida em 10 de julho pelo Amazonas e por fim, em 7 de setembro, pelo Rio Grande do Sul. Essas eram, é claro, províncias com um número relativamente pequeno de escravos. Como

---

48 ❁ Honoré-Victorien Daumier (1808-1879) foi um caricaturista, chargista, pintor e ilustrador francês, chamado de "o Michelangelo da caricatura".

49 ❁ *O Paiz*, 30 de agosto de 1888, citado em Marcelo Balaban, *Poeta do lápis: Sátira e política na trajetória de Angelo Agostini no Brasil imperial (1864-1888)*, São Paulo: Editora Unicamp, 2009, págs. 86-7.

50 ❁ Ver as cartas de Nabuco para o *Times*, 5 de abril, 28 de maio de 1883.

disse Adam Smith a respeito dos *quakers* da Pensilvânia e outros estados do Norte dos Estados Unidos, que optaram pela emancipação no final do século XVIII, "[a sua] decisão... de libertar os escravos negros pode nos convencer de que seu número não é muito grande". Apesar disso, houve grande celebração no Recife e no Rio de Janeiro (uma multidão de dez mil pessoas), além de eventos para marcar a data em Lisboa, Madri, Paris e Londres. Enquanto José do Patrocínio comemorava em um jantar com Victor Hugo em Paris, Nabuco, acompanhado pelo secretário de Relações Exteriores, lorde Granville, e pelo príncipe de Gales, foi a um banquete oferecido pela *British and Foreign Anti-Slavery Society* em Londres.

Em junho de 1884, logo depois de Nabuco voltar ao Brasil, dom Pedro, reconhecendo a força crescente do abolicionismo como movimento político nacional, convidou um dos políticos mais experientes e reformadores do Brasil, senador Manuel Pinto de Sousa Dantas – que já fora quatro vezes deputado, presidente de três províncias distintas, ministro da Agricultura, da Justiça e do Interior, e conselheiro de Estado – para formar um governo, o sexto governo Liberal em seis anos, preparado para propor a primeira legislação antiescravidão desde a Lei do Ventre Livre em 1871, treze anos antes, mesmo que fosse uma legislação cujo objetivo ainda era uma abolição *gradual*, não imediata. O projeto de lei apresentado à Câmara dos Deputados por Rodolfo, filho de Dantas (grande amigo de Nabuco), e pelo deputado baiano Rui Barbosa, em 15 de julho, reforçou o Fundo de Emancipação existente, introduziu novas taxas para desencorajar a escravidão em áreas urbanas, e propôs o estabelecimento de colônias agrícolas para ex-escravos e imigrantes, mas seu principal objetivo foi libertar os escravos maiores de 60 anos. Uma proposta modesta, seria possível afirmar, mas também radical pelo fato de representar o primeiro desafio direto à propriedade dos cativos existentes no Brasil. Um número significativo de escravos seria libertado, e sem que nenhuma compensação fosse oferecida aos seus proprietários. Além disso, o projeto era de certa forma mais abrangente do que parecia à primeira vista, uma vez que muitos escravos com menos de 60 anos tinham sido registrados como mais velhos do que na realidade eram para que seus donos pudessem alegar que eles, ou seus pais, tinham sido importados legalmente, antes de a lei de 1831 proibir a importação de cativos para o Brasil. O projeto de lei tinha como objetivo liberar cerca de 110 mil escravos, dez por cento da população cativa, e mais 95 mil até 1894. No entanto, a menos que fossem introduzidas novas leis, a escravidão não iria acabar antes de 1930, quando os escravos nascidos antes da lei de 1871 completassem 60 anos! O *Times* foi mais otimista: como resultado desse primeiro passo, previu confiante que a escravidão seria abolida em dez anos.[51]

O apoio à libertação imediata e sem indenização dos escravos com mais de 60 anos ganhou uma força extraordinária nas semanas seguintes, sobretudo na imprensa. Embora muitos tenham ficado decepcionados com o fato de o projeto de Dantas não ir mais longe, a maioria dos abolicionistas, entre eles Nabuco, se

---

51 ❁ *The Times*, 31 de julho de 1884.

uniu para apoiá-lo. Admitiram que era o melhor que se poderia esperar da legislatura eleita em 1881. Ao escrever para a imprensa, os chamados "ingleses de Dantas" adotaram pseudônimos britânicos e norte-americanos: Nabuco, por exemplo, assinou seus artigos como Garrison, Gusmão Lobo como Clarkson, Rui Barbosa como Lincoln. Ao mesmo tempo, houve uma resistência organizada ao projeto de lei: choveram abaixo-assinados do Rio de Janeiro, de Minas Gerais, São Paulo, Bahia e Pernambuco; um Congresso da Lavoura Nacional foi convocado para defender a importância da escravidão para a agricultura brasileira, a prosperidade econômica da nação e, não menos importante, a paz e estabilidade sociais. A abolição, argumentava-se, representava um "suicídio nacional".

Os Liberais tinham 75 deputados na Câmara, 28 a mais do que os Conservadores, mas Dantas não conseguiu unificar o partido para apoiar seu projeto. Muitos deputados liberais se mostravam hostis ou indiferentes. No início, apenas 29 concederam seu apoio, e no fim das contas o projeto acabou sendo derrotado em uma votação de confiança em Dantas por 59 votos (Conservadores e Liberais dissidentes) a 52 (48 Liberais dantistas e 4 Conservadores). Contrariando os desejos do Conselho de Estado, porém, que repeliu sua decisão por 9 votos a 3, o imperador concedeu a Dantas a dissolução do Parlamento e uma nova eleição antes do fim do ano.

Nabuco ganhou assim uma oportunidade para reingressar na Câmara. Ainda considerado o principal líder dos abolicionistas, apesar de certa rivalidade com José do Patrocínio e dos ataques ocasionais que sofria devido a suas longas ausências do Brasil, era também o melhor candidato, e com certeza o melhor orador, de qualquer eleição. (Nabuco e Patrocínio nunca foram amigos próximos. Suas personalidades, suas origens sociais e raciais e suas estratégias políticas em relação à abolição eram muito diferentes. Apesar disso, em geral, os dois trabalharam juntos graças à mediação de André Rebouças.) Nabuco tinha interesse em se candidatar pelo Ceará; a Confederação Abolicionista queria que ele permanecesse na Corte. Dantas, por sua vez, após a intervenção do presidente da província de Pernambuco, Sancho de Barros Pimentel – amigo de Nabuco, que precisava que ele derrotasse o clã Souza Leão – preferia que ele se candidatasse pelo primeiro distrito de Pernambuco (cidade do Recife), que já o elegera em 1878. O segundo distrito seria disputado por José Mariano, político de grande popularidade e, apesar de possuir vínculos familiares com a economia escravocrata de produção do açúcar, forte opositor da escravidão, eleito em 1878, um dos poucos abolicionistas reeleitos em 1881, e um dos 29 defensores iniciais do projeto de lei de Dantas.

A eleição de dezembro de 1884, na qual o projeto de lei de Dantas era a principal e, na verdade, a única questão, foi a primeira a ocorrer segundo as novas regras introduzidas pela lei da reforma política de Saraiva em janeiro de 1881. As eleições não eram mais indiretas, e o voto se limitava aos alfabetizados, com exceção daqueles já inscritos para votar. Os abolicionistas esperavam ser os principais beneficiários dessas mudanças, uma vez que estas aumentavam o peso do voto urbano e reduziam tanto a fraude direta quando a influência do governo nas eleições. Nabuco e Mariano foram os primeiros políticos brasileiros a fazer campanha em uma eleição nacional com uma plataforma de abolição imediata, sem compensação para os senhores de escravos.

Da mesma forma, senão mais radical ainda, era sua proposta de reforma agrária ou "democracia do solo", influenciada tanto por *Progresso e pobreza*, de Henry George (1879), quanto por *Agricultura nacional: estudos econômicos*, de André Rebouças (1883); em um discurso feito em São José de Ribamar em 5 de novembro, Nabuco afirmou se tratar de uma reforma "tão extensa, tão larga e tão profunda que se possa chamar de Revolução".[52] O eleitorado era constituído por 1.500 eleitores homens, mas Nabuco fez 18 pronunciamentos entre 12 de outubro e 31 de novembro, incluindo seis no Teatro Santa Isabel, no Recife, diante de centenas, ocasionalmente milhares, de pessoas. Era a primeira vez que um político brasileiro usava a pressão popular como ferramenta política. Seu nome foi impresso em chapéus, caixas de charuto, cervejas, *etc.* A eleição, segundo contou Nabuco a Charles Allen em Londres, foi "a primeira do tipo no Brasil, parecida com as eleições inglesas ou americanas, disputada em comícios públicos, em vez de seguir o sistema corrupto de intimidação e compra de votos, no qual a escravidão baseia sua força".[53]

Em 10 de dezembro, Nabuco derrotou por uma pequena margem, com 746 votos a 744, o candidato conservador que ocupava o assento, Manoel do Nascimento Machado Portela, que, embora se definisse como "emancipacionista", se opusera ao projeto

52 ❁ Joaquim Nabuco, *Campanha abolicionista no Recife (eleições de 1884)* [1885]. 2ª ed. Recife: Fundação Joaquim Nabuco/Editora Massangana, 1988, pág. 47.

53 ❁ Nabuco para Allen, 22 de fevereiro de 1885, em Bethell & Carvalho (orgs.), *Correspondência*, *op. cit.*, pág. 225.

de lei de Dantas. Já Mariano teve uma vitória mais convincente: 917 votos contra 646. Devido a algumas perturbações, irregularidades e acusações de fraude, porém, o resultado foi declarado inválido pelo comitê supervisor. Em um segundo pleito, em 9 de janeiro de 1885, Machado Portela decidiu se abster, e Nabuco então venceu sem oposição. Porém, o comitê de credenciais da Câmara, ao se reunir em maio, revogou o resultado da eleição de dezembro (51 votos a 48) e acabou concedendo a vaga a Machado Portela. No entanto, o representante do 5º distrito de Pernambuco, que englobava os municípios de Nazaré da Mata e Bom Jardim, havia falecido em março, e os outros candidatos liberais em potencial se retiraram em favor de Nabuco. Em 5 de junho, ele foi devidamente reeleito à Câmara dos Deputados. Para o amigo Allen, descreveu a recepção obtida por sua vitória: "Nunca antes se viu cena assim. Mais de cinquenta mil pessoas participaram, e foi feriado geral, com a cidade inteira cheia de bandeirolas, música, flores e iluminação à noite. Isso demonstra a força que o movimento abolicionista adquiriu. É uma ressurreição nacional ou, melhor ainda, um nascimento nacional."[54] Dessa vez, ele pôde ocupar o cargo.

No entanto, antes de Nabuco reingressar no Parlamento, em agosto de 1885, após uma ausência de quatro anos, o projeto de lei de Dantas fora apresentado à Câmara eleita (na qual os Liberais tinham maioria ainda maior) e outra vez derrotado, por 52 votos a 50. Sem conseguir que o imperador lhe concedesse

---

54 ❀ Nabuco para Allen, 23 de junho de 1885, em Bethell & Carvalho (orgs.), *Correspondência*, *op. cit.*, p. 245.

uma segunda dissolução, Dantas foi forçado a renunciar em 4 de maio. Ele foi substituído por José Antônio Saraiva que, em agosto, garantiu a aprovação pela Câmara (por 73 votos a 17) de uma versão bem mais branda do projeto de lei de Dantas, cujo objetivo era "tranquilizar" os senhores de escravos e seus amigos no Partido Conservador (e no Liberal também), desacelerando o processo de emancipação: escravos entre 60 e 63 anos de idade seriam libertados, mas forçados a trabalhar por mais dois anos, quando se tornariam livres, e os proprietários receberiam compensações por sua emancipação. Somente os escravos com mais de 65 anos seriam libertados imediatamente, de forma incondicional. Senhores que libertassem escravos abaixo de 60 anos seriam indenizados com os recursos de um Fundo de Emancipação melhorado, mas nesses casos os libertos seriam obrigados a permanecer em seus municípios e prestar serviços por mais cinco anos. Os preços dos escravos foram fixados em níveis muito superiores aos valores de mercado, não apenas para garantir os interesses dos senhores desejosos de libertar cativos ou que fossem pedir indenização se e quando a escravidão fosse enfim abolida, mas também para inibir a libertação de escravos por associações abolicionistas e a compra da própria liberdade pelos escravos eles mesmos. O *Times* agora admitia que, a menos que se introduzissem novas leis, a escravidão poderia perdurar no Brasil, legitimada pelo sistema leal, até 1935![55]

Nabuco se opôs com fervor ao "vergonhoso" projeto de lei de Saraiva, por "obrigar a nós, e os pobres, e os próprios escravos

55 ❁ *The Times*, 19 de junho de 1885.

velhos, além de todos aqueles que libertaram espontaneamente seus escravos, a pagar impostos pela redenção dos escravos de outros". A "oligarquia política" conseguira substituir o projeto de lei de Dantas por outro que previa a liquidação da escravidão (*sic*) "nos melhores termos possíveis para as pessoas interessadas". Ele acusou o governo Saraiva de tentar "tornar a morte e o enterro da escravidão tão suave que ninguém fosse perceber – nem o senhor, nem o escravo, nem o país, nem o mundo".[56] Mesmo assim, a oposição Conservadora foi de tal porte que Saraiva não sentiu apoio suficiente para ter seu projeto de lei aprovado no Senado. Assim, após apenas três meses no poder, ele renunciou, e o imperador recorreu ao senador João Maurício Wanderley, barão de Cotegipe, líder do Partido Conservador – e, junto com Paulino José Soares de Sousa Jr., um dos mais ferozes opositores da abolição – para concluir o que Saraiva tinha começado. Aprovado no Senado em agosto, o projeto de lei se transformou na Lei Saraiva-Cotegipe, mais conhecida como Lei dos Sexagenários, em 28 de setembro de 1885, 14º aniversário da Lei do Ventre Livre. Ela pouco fez para acelerar o fim da escravidão:

---

56 ❁ Discursos de 3 de julho e 24 de julho de 1885, em *Discursos parlamentares*, págs. 159-211. Nabuco para Allen, 17 de maio 1885 e 6 de agosto de 1885, em Bethell & Carvalho (orgs.), *Correspondência*, *op. cit.*, págs. 228-31, 246-55. Allen também ficou indignado: o projeto de lei revisto era "simplesmente monstruoso... depois de haver forçado os pobres infelizes a trabalhar quase até morrer, esses homens vão ser pagos por dar liberdade a seus escravos exauridos, já com um pé no túmulo!". Allen para Nabuco, 8 de junho de 1885, em Bethell & Carvalho (orgs.), *Correspondência*, *op. cit.*, pág. 235.

nos primeiros doze meses, menos de vinte mil escravos acima dos 60 anos foram libertados pela nova lei.[57]

Enquanto isso, a Câmara liberal havia aprovado um voto de desconfiança ao governo Cotegipe, e em 26 de outubro foram convocadas novas eleições para 15 de janeiro de 1886. Nabuco foi novamente candidato no Recife, mas viu-se outra vez derrotado no que se revelou uma vitória conservadora acachapante. Os liberais elegeram apenas 22 deputados, todos antidantistas, com exceção de José Mariano, cuja eleição foi depois anulada pelo comitê de credenciais da Câmara.

Após a rejeição do projeto de lei de Dantas pela Câmara dos Deputados em duas ocasiões, a bem-sucedida mobilização da resistência contra Dantas dentro e fora do Parlamento, a nomeação de Cotegipe como presidente do Conselho, a aprovação da Lei Saraiva-Cotegipe e a eleição de janeiro de 1886, que retirou da Câmara praticamente todos os deputados liberais abolicionistas, não se podia esperar do governo Cotegipe qualquer outra medida para libertar o milhão de escravos que ainda havia no Brasil, e de fato não houve nenhuma. A maioria dos representantes políticos da elite escravocrata no Parlamento seguiu considerando a escravidão ao mesmo tempo indispensável e legítima. Nem o Partido Liberal, nem o Conservador defendiam sua abolição. Era preciso permitir que a escravidão morresse naturalmente. Até mesmo os abolicionistas mais otimistas esperavam que o

57 Sobre a lei de 1885, ver Joseli Maria Nunes Mendonça, *Entre a mão e os anéis: A lei dos sexagenários e os caminhos da Abolição no Brasil*, Campinas: Editora da Unicamp, 1999.

processo fosse durar de oito a dez anos, e alguns calculavam que levaria trinta. João Alfredo Correia de Oliveira, líder da ala reformadora do Partido Conservador desde a morte do visconde do Rio Branco, em 1880, propôs a abolição definitiva da escravidão no centenário da independência, em 1922![58]

O governo Cotegipe, além disso, adotou uma política de repressão em relação ao movimento abolicionista. Reuniões públicas foram banidas; além da polícia, passou-se a usar as forças armadas para capturar escravos foragidos; criaram-se novos obstáculos jurídicos para a alforria dos cativos. O avanço do movimento abolicionista brasileiro estacou temporariamente. As atividades abolicionistas se reduziram a "dias antiescravidão" como o 25 de março (abolição da escravatura no Ceará) e o 28 de setembro (lei de 1871), ou a eventos específicos, como a eleição de Patrocínio para vereador no Rio de Janeiro, em julho de 1886, ou o funeral do político liberal e poeta José Bonifácio de Andrada e Silva, o Moço, defensor da abolição, em outubro de 1886.

Desencantado e desiludido, Nabuco passou boa parte do ano de 1886 publicando panfletos, entre eles *O erro do imperador* e *O eclipse do abolicionismo*, nos quais fazia duras críticas a dom Pedro II por ter incentivado os abolicionistas com a nomeação de Dantas e em seguida entregado o governo primeiro a Saraiva, depois a Cotegipe, aguerrido defensor da escravidão. Além disso, escreveu para a imprensa carioca. Para *O Paiz*, um jornal republicano fundado em 1884, que considerava a propaganda abolicionista útil em sua crítica ao sistema político do Império,

58 ❁ Alonso, *Flores, votos e balas*, *op. cit.*, pág. 242.

produziu uma coluna regular em que atacava ferozmente o governo pró-escravidão de Cotegipe. Uma conquista positiva foi forçar o governo a adotar medidas para a maior proteção dos escravos, em especial em outubro de 1886, depois de aprovada uma lei que abolia o uso do açoite. A lei veio após um caso particularmente brutal, no qual quatro escravos da província do Rio tinham sido condenados cada um a trezentas chibatadas, que culminou com a morte de dois deles. Os senhores de escravos acreditavam que, sem o açoite, não haveria mais disciplina nas fazendas, o que de fato aconteceu. No fim das contas, segundo relatou para Allen, Nabuco sentia que havia contribuído mais para a causa dos escravos escrevendo para *O Paiz* do que poderia ter feito como deputado. A simples abolição dos castigos físicos, "se tivéssemos juízes e as leis relativas aos escravos fossem uma realidade, poderia significar, na prática, o fim da escravidão".[59]

Nabuco muitas vezes pensava em voltar mais uma vez a Londres para ganhar a vida, mas reconhecia que sua ausência seria prejudicial à causa abolicionista da qual ainda era o principal porta-voz. Acabou indo em abril de 1887, dessa vez como correspondente do *O Paiz* (ver Capítulo 3), mas não por muito tempo. A nomeação de Machado Portela para um cargo ministerial em julho deu-lhe uma oportunidade de voltar ao Parlamento. Segundo as regras da época, era preciso uma "eleição especial" no Recife para reafirmar o mandato de Machado Portela. Na realidade, tratava-se de uma formalidade que nunca era seriamente reivindicada,

59 ❁ Nabuco para Allen, segunda-feira [abril de 1887], em Bethell & Carvalho (orgs.), *Correspondência*, *op. cit.*, pág. 299.

mas Nabuco retornou de Londres para contestar a eleição. No dia de sua chegada, 27 de agosto, foi recebido por centenas de correligionários no cais do Recife. No dia seguinte, contrariando a proibição policial de reuniões públicas nas ruas e praças da cidade, discursou para numerosa multidão em frente ao Teatro Santa Isabel. Sua campanha, baseada em uma plataforma de abolição imediata sem compensações, gerou um nível de mobilização popular jamais visto no Recife, e na verdade no Brasil inteiro, desde a sua campanha de outubro-novembro de 1884, e seus discursos tiveram ampla cobertura da imprensa no país inteiro.

Nabuco venceu o pleito de 14 de setembro de 1887 por 1.409 votos contra 1.266. Em carta a Charles Allen, descreveu a vitória como "tremenda... para a nossa causa... um novo início em nossa vida, um acontecimento grandioso de nossa história!".[60] Foi um duro golpe para a credibilidade de Cotegipe, do qual ele nunca se recuperou por completo; "Golpe de morte no ministério Cotegipe", escreveu Nabuco em seu diário.[61] Em seu estudo sobre a política da abolição em Pernambuco, Celso Thomas Castilho qualifica o sucesso de Nabuco no Recife, naquele setembro de 1887, como "uma reviravolta monu-

---

60 ❁ Nabuco para Allen, 16 de setembro de 1887, em Bethell & Carvalho (orgs.), *Correspondência*, *op. cit.*, pág. 313. Allen mandou publicar a carta no *Times* e enviou uma cópia para Gladstone, que expressou sua "mais cordial satisfação" ao saber da volta de Nabuco ao Parlamento e pediu a Allen que lhe transmitisse suas "sinceras congratulações". Allen para Nabuco, 7 de outubro, 10 de novembro de 1887, págs. 314, 318. Ver também Nabuco para Penedo, 15 de setembro, 24 de setembro de 1887, em *Cartas a amigos*, vol. I, págs. 160-2.

61 ❁ *Diários*, Vol. I, pág. 284: 14 de setembro de 1887.

mental... a vitória mais significativa de um candidato da oposição desde a década de 1880".[62] O êxito eleitoral representou também uma grande injeção de energia para o movimento abolicionista.

Após os revezes do período de 1884-6, o movimento abolicionista voltou a ganhar força na segunda metade de 1887. Frustrado pela falta de avanço no Parlamento e pela repressão imposta às suas atividades pacíficas pelo governo Cotegipe, acabou se radicalizando.[63] Reuniões foram organizadas, e o trabalho de libertar escravos município por município, quarteirão por quarteirão, até mesmo rua por rua, na Corte, no Recife, em São Pau-

62 Castilho, "Abolitionism Matters", *op. cit.*, pág. 221.

63 Não foi meu objetivo examinar em detalhe o movimento abolicionista fora do Parlamento durante os anos 1880. O estudo clássico sobre esse tema é de Evaristo de Moraes, *A campanha abolicionista 1879-1888* (1924), Brasília: Editora da Universidade de Brasília, 1988. Ver também Emília Viotti da Costa, *Da senzala à colônia,* São Paulo: Difusão Europeia do Livro, 1966; Robert Conrad, *The Destruction of Brazilian Slavery,* 1850-1888, Berkeley: University of California Press, 1972, trad. em português, Rio de Janeiro: Civilização Brasileira, 1975; Sidney Chalhoub, *Visões da liberdade*: *Uma história das últimas décadas da escravidão na Corte*, São Paulo: Companhia das Letras, 1990; Maria Helena Pereira Toledo Machado, *O plano e o pânico*: *Os movimentos sociais na década da abolição,* Rio de Janeiro/São Paulo: Editora da UFRJ/Edusp, 1994; e as teses não-publicadas de Celso Thomas Castilho (2008) e Ângela Alonso (2012) citadas acima. A tese de Ângela Alonso é publicada:

lo e em cidades menores, como por exemplo nas províncias do Rio Grande do Norte, Goiás e Santa Catarina, continuou. Além disso, contudo, os abolicionistas passaram, pela primeira vez, a se envolver em ações diretas para subverter o sistema escravagista, e cativos começaram a desertar em massa nos latifúndios de São Paulo, Minas Gerais e até mesmo do Rio de Janeiro, deserção às vezes acompanhada por violências contra mestres e feitores. Seria possível argumentar que os escravos separados de suas famílias pelo tráfico interno do Nordeste para o Centro-Sul nas décadas de 1850, 1860 e 1870 eram os mais propensos à fuga, e os mais passíveis de recorrer à violência, mas tal afirmação necessita de mais pesquisas. Antônio Bento, em São Paulo, e Carlos Lacerda, em Campos, são dois exemplos dos muitos abolicionistas que incitavam os escravos a fugirem, organizavam o transporte até as cidades (chamado de "ferrovia subterrânea" nos EUA) e ofereciam refúgios urbanos para escravos foragidos.

A fuga de escravos das fazendas era facilitada pelo fato de que os oficiais mais jovens do exército brasileiro, muitos deles positivistas, abolicionistas e republicanos, mostravam-se cada vez menos dispostos a apoiar o sistema escravagista, recusavam-se a forçar os escravos a permanecerem nos latifúndios e, sobretudo,

---

Flores, votos e balas. O movimento abolicionista brasileiro (1868-88). São Paulo: Companhia das Letras, 2015; uma obra fundamental. Para uma tentativa de "recontextualizar o abolicionismo", mostrando como o movimento abolicionista interagia com uma política de elite parlamentar, ver Jeffrey D. Needell, "Brazilian Abolitionism, its Historiography and the Uses of Political History", *Journal of Latin American Studies*, 50/2, maio de 2010.

a perseguir foragidos. Em parte, esta foi outra contribuição de Nabuco à causa. Dois dias depois de assumir seu cargo no Parlamento, em 5 de outubro de 1887, logo em seu primeiro discurso, pediu às forças armadas que parassem de perseguir e capturar escravos foragidos.[64] Em 25 de outubro, o presidente do Clube Militar foi bem-sucedido em sua petição à princesa Isabel, que exercia a função de regente enquanto o imperador passava o mês de junho na Europa em tratamento médico, para que dispensasse as forças armadas dessa tarefa cada vez mais onerosa e desagradável.

A fuga de cativos acelerou o declínio natural do sistema escravagista, bem como o aumento dramático do número de escravos libertados voluntariamente por seus senhores. Apesar de proclamarem com frequência suas intenções humanitárias, estavam na realidade tentando submeter o que acontecia à sua volta a algum tipo de controle. Para evitar o colapso total do sistema de trabalho latifundiário, passaram a oferecer liberdade aos escravos que ainda não haviam fugido, em troca da promessa de permanecer em suas fazendas por até três anos, garantindo assim uma transição mais organizada para o trabalho livre.

Igualmente importante para o fim definitivo da escravidão no Brasil foi o primeiro racha crucial no time dos defensores da escravidão. Os fazendeiros de café do Norte e Oeste de São Paulo – onde a demanda por trabalho escravo era mais forte e o compromisso com a escravidão, como instituição com futuro a longo

64 ❁ Discurso de 7 de outubro de 1887 em *Discursos parlamentares*, págs. 189-91.

prazo, mais fraco – conseguiram enfim garantir, nesse momento crítico, uma fonte alternativa de mão de obra, não na forma de trabalhadores assalariados brasileiros, mas sim de imigrantes europeus, em especial italianos. Em 1878, Antônio de Queirós Telles, futuro visconde de Parnaíba, já tinha visitado oito países da Europa ocidental como representante da Associação Auxiliadora de Colonização e Imigração de São Paulo e destacado a Itália, que padecia de um rápido aumento da população, escassez de terras e desemprego, como a mais promissora fonte de mão de obra não escrava para a produção cafeeira em São Paulo. Os italianos começaram a chegar em quantidade significativa a partir de meados da década de 1880. Em 1884, São Paulo já havia recebido cinco mil trabalhadores imigrantes europeus, sobretudo italianos, cujo transporte fora subsidiado pelo governo da província; em 1885, foram 6.500; em 1886, 9.500; e, em 1887, 32 mil. Esses números bastaram para convencer os fazendeiros de café paulistas de que suas exigências de mão de obra podiam ser atendidas, e para convencer seus principais representantes políticos, como o senador Antônio da Silva Prado, de que podiam apoiar com segurança a abolição dos resquícios de escravidão que ainda persistiam no país. Prado, que aceitara ser ministro da Agricultura no governo conservador formado por Cotegipe em agosto de 1885, renunciou em maio de 1887, e antes do final do ano já havia rompido com os antiabolicionistas mais empedernidos.[65]

---

65 Thomas H. Holloway, *Immigrants on the Land: Coffee and Society in São Paulo, 1886-1934* (Chapel Hill: University of North Carolina Press, 1980), Apêndice 4, pág. 179. Ver também Holloway, "Immigration and Abolition: The

No início de 1888, os líderes políticos brasileiros já estavam sendo forçados a encarar o fato de que o sistema escravagista não só estava perdendo apoio, mas se encontrava claramente à beira do colapso. A população escrava, que havia declinado 20% entre 1874 e 1884 (de 1,5 para 1,25 milhão) e 40% nos três anos entre 1884 e o registro de escravos de março de 1887 (para 725 mil), caíra mais 50% nos doze meses entre março de 1887 e março de 1888 (para entre 500 mil e 250 mil), menos de 4% da população. Os abolicionistas ameaçavam uma mobilização popular em grande escala a favor da abolição imediata, gerando temores exagerados de que os últimos estágios do colapso da escravidão pudessem vir acompanhados de uma convulsão social séria e, até mesmo, violenta. A abolição não podia mais ser evitada, embora poucos abolicionistas acreditassem que ela ocorresse ainda naquele ano. Patrocínio considerava 1889, centenário da Revolução Francesa e da Declaração dos Direitos Humanos, uma data apropriada; Dantas sugeriu 31 de dezembro de 1889.

Na legislatura dominada pelos Conservadores, eleita em janeiro de 1886, a maioria dos deputados Liberais era agora finalmente favorável à abolição, talvez dali a cinco, quatro ou

Transition from Slave to Free Labour in the São Paulo Coffee Zone", *in* Dauril Alden & Warren Dean (eds.), *Essays Concerning the Socio-Economic History of Brazil and Portuguese India* (Gainsville: University of Florida Press, 1977). Em 1888, 92 mil imigrantes chegaram a São Paulo (em um total de 135 mil no Brasil inteiro), e na década seguinte à abolição 750 mil, majoritariamente italianos.

mesmo dois anos. Os Conservadores, porém, estavam divididos. Por fim, em 10 de março de 1888, a princesa regente convenceu Cotegipe a renunciar. Ele foi substituído pelo moderado João Alfredo Correia de Oliveira, que havia se mostrado disposto a formar um governo comprometido com a emancipação dos escravos remanescentes no Brasil. A princípio, João Alfredo esperava conseguir adiar a abolição definitiva por pelo menos cinco anos e garantir alguma espécie de indenização para os senhores de escravos, mas isso se revelou um sonho impossível. Antônio Prado voltou ao governo como ministro das Relações Exteriores, e, dias depois de assumir o poder, ele e João Alfredo tiveram um encontro particular em Petrópolis com André Rebouças, um dos mais influentes líderes abolicionistas. Ao final de março, Rebouças já tinha esboçado uma lei para a abolição imediata e incondicional, que foi apresentada ao Gabinete em 7 de abril, e aprovada em algum momento entre 20 e 29 daquele mesmo mês, decisão acatada pela princesa regente.[66]

Joaquim Nabuco estava em Londres quando soube que João Alfredo havia formado um Gabinete, e que a abolição era agora uma certeza. Durante o recesso parlamentar, no final de 1887, havia considerado visitar os Estados Unidos, onde o filho de Garrison prometera mobilizar o apoio do Congresso a favor da abolição no Brasil, e visitar Cuba, Haiti e o Caribe britânico e o francês. Na realidade, acabou viajando mais uma vez para a Europa com o objetivo principal de convencer o papa Leão XIII a se pronunciar contra a escravidão (ver Capítulo 1). A princesa

66 ❁ Ver Needell, "Brazilian Abolitionism", *op. cit.*, pág. 40, nota 43.

Isabel, cada vez mais favorável à causa abolicionista, era conhecida pela força de seus sentimentos religiosos, e Nabuco calculou que poderia ser convencida a dar os passos necessários para emancipar os escravos brasileiros remanescentes, caso o papa lhe concedesse a sua bênção. Depois de aguardar um mês em Roma, Nabuco foi enfim recebido pelo papa a 10 de fevereiro, e Leão XIII prometeu – e promulgou – uma encíclica papal condenando a escravidão. Cotegipe conseguiu adiar a publicação do encontro de Nabuco com o papa, mas este foi afinal divulgado em *O Paiz*, e a posição papal sobre a escravidão foi a todos revelada.

Ao receber as últimas notícias políticas do Rio de Janeiro, Nabuco iniciou na mesma hora a viagem de volta ao Brasil. Em 30 de março, chegou ao Recife, onde realizou, em 12 de abril, outro imenso comício abolicionista no Teatro Santa Isabel.[67] Em 18 de abril já estava no Rio, pronto para a reabertura do Parlamento, em 3 de maio, e preparado para travar a batalha final pela abolição. Em seu diário, contudo, admitiu que muitos dos líderes da Confederação Abolicionista, em especial José do Patrocínio, em seus escritos publicados em Cidade do Rio, estavam zangados com ele por passar tanto tempo fora do Brasil: "[Patrocínio] ataca-me, chama-me ausente, diplomata, e muitos outros nomes."[68] Em 8 de maio, um projeto de lei para a abolição imediata da escravatura sem compensações foi submetido à Câmara dos Deputados. Nabuco, líder histórico dos abolicionistas no Parlamento,

---

67 ❁ Castilho, "Abolitionism Matters", *op. cit.*, pág. 260, citando relatos de *A Província*.

68 ❁ *Diários*, Vol. I, pág. 291: 23 de abril de 1888.

apesar de ter apenas 38 anos, assumiu a tarefa de garantir que os Liberais apoiassem o projeto (ainda que apresentado por um governo Conservador), que não houvesse retrocesso por parte dos Conservadores em seu compromisso com uma abolição imediata e incondicional, e que a Câmara abrisse mão de seu cronograma normal para aprovação das leis, e permitisse ao projeto ser aprovado com rapidez, em caráter de urgência. O projeto de lei foi aprovado por 83 votos a 9 (a maior parte deles de Conservadores aguerridos do Rio de Janeiro) na segunda leitura, em 9 de maio. Após uma terceira leitura, foi enviado ao Senado no dia seguinte. Sousa Dantas assumiu a responsabilidade pelo projeto quando este foi submetido ao Senado, em 11 de maio, sendo aprovado na segunda leitura no dia seguinte, por 46 votos a favor e apenas 6 contra (incluindo o de Cotegipe), além de 8 abstenções. Em 13 de maio, após a terceira e última leitura do projeto de lei no Senado, Joaquim Nabuco – que por quase uma década, desde 1879, havia desempenhado papel central na lenta e (até 1887-8) incerta evolução da causa abolicionista, dentro e fora do Parlamento, no Brasil e no estrangeiro, sobretudo em Londres – teve a satisfação de discursar para uma grande e entusiasmada multidão de uma janela do Paço da Cidade, o Paço Imperial do Rio de Janeiro, onde a princesa regente acabara de assinar a Lei Áurea. A Lei declarou extinta a escravidão no Brasil e libertou todos os cerca de 250 mil (talvez chegassem até 500 mil) escravos remanescentes no Brasil.[69]

❁

---

69 ❁ A mais importante lei da história do Brasil talvez tenha sido também a mais curta, uma vez que consistia apenas em dois artigos. Artigo Primeiro:

Em *Minha formação*, Nabuco nos fornece um inestimável relato em primeira mão não apenas de seu próprio papel na abolição da escravatura, mas do movimento abolicionista como um todo, e de seus vários líderes, políticos, intelectuais e jornalistas, tanto moderados quanto radicais. A contribuição de outros abolicionistas – André Rebouças, José do Patrocínio, Gusmão Lobo, Luís Gama, João Clapp, Antônio Bento, Joaquim Serra – é reconhecida, bem como a de dom Pedro II e da princesa Isabel, dos proprietários de terras que por qualquer motivo houvessem libertado voluntariamente seus escravos, e também dos próprios cativos, que no fim se revoltaram abertamente e abandonaram as fazendas.[70]

Durante a Guerra de Secessão nos Estados Unidos, cerca de 600 mil escravos (14% da população cativa total) foram libertados; o restante, cerca de 3,3 milhões, só se tornou livre em dezembro de 1865, quando foi concluído o lento processo de ratifi-

---

Fica abolida a escravidão no Império do Brasil; Artigo Segundo: Ficam revogadas todas as disposições em contrário. Apesar das demandas dos senhores de escravos, nenhuma compensação foi paga. Nabuco comentou com Allen: "É estranho dizer que os proprietários de escravos se declaram, em grande número, contra o trono (...). O que a princesa fez foi algo muito ousado e corajoso, mas confio em Deus que não irá perder o trono por isso." Nabuco para Allen, 8 de janeiro de 1889, em Bethell & Carvalho (orgs.), *Correspondência*, *op. cit.*, pág. 367. O Império caiu 18 meses depois, em 15 de novembro de 1889.

70 ❁ *Minha formação*, caps. XXI-XXIV. Ver também "La Lutte anti-esclavagiste au Brésil", artigo apresentado por Nabuco no Congresso Internacional Antiescravidão, ocorrido em Paris em 6-8 de agosto de 1900.

cação da 13ª Emenda Constitucional por três quartos dos estados norte-americanos.[71] A questão urgente passou a ser "o que fazer com o negro" após a emancipação. Os Republicanos radicais exigiam que a reconstrução pós-guerra incluísse leis dedicadas à inclusão política e social dos ex-cativos, mas isso esbarrou em forte resistência, e não apenas no Sul do país. Muitos Republicanos do Norte que haviam se oposto à escravidão eram tão hostis aos negros livres e à inclusão racial quanto os Democratas que haviam defendido a escravidão até o fim, tanto no Norte quanto no Sul. Em especial, opunham-se até mesmo ao sufrágio limitado dos negros proposto por Lincoln em um discurso logo após o fim da guerra. Foi o temor de uma "cidadania negra" que levou John Wilkes Booth a assassinar o presidente em 14 de abril de 1865. Quatro milhões de escravos podem ter garantido sua liberdade legal, mas enfrentavam um futuro de pobreza, instrução limitada, preconceito devido à raça, e ao analfabetismo, e eventual segregação, até mesmo no Norte.[72]

"O que fazer com o negro" não parecia uma questão tão urgente no Brasil, ao ser abolida a escravidão. A população escrava vinha declinando de modo regular por quase 40 anos, desde o fim do tráfico em 1850-1, quando havia de 2 a 2,5 milhões de es-

---

71 ❁ Dois excelentes estudos recentes sobre o fim da escravidão nos Estados Unidos são Eric Foner, *The Fiery Trial: Abraham Lincoln and American Slavery*, Nova York: Norton, 2011; e James Oakes, *Freedom National: The Destruction of Slavery in the United States, 1861-1865*, Nova York: Norton, 2013.

72 ❁ Ver Eric Foner, *Reconstruction: America's Unfinished Revolution, 1863-1877*, Nova York: Harper & Row, 1988.

cravos. Em 1888, restavam apenas algo entre 250 e 500 mil. Além disso, a miscigenação era, havia séculos, uma característica da sociedade escravagista brasileira. Assim, o número relativamente pequeno de escravos libertados pela Lei Áurea em maio de 1888 foi absorvido por uma sociedade na qual mais da metade da população já era formada por negros e mulatos livres. O recenseamento de 1872 mostrou uma população composta por 38,1% de brancos, 19,6% de negros, 38,2% de pardos e 3,9% de indígenas. Pretos e pardos juntos (livres, libertos e escravos) chegavam a 57,9% da população total; excluídos os escravos, contava-se uma população livre, de cor (pretos e pardos), de 42,7%: uma porcentagem muito alta em relação a outras sociedades escravistas do século XIX.[73] Já o recenseamento de 1890 mostrou ainda menos da metade da população total composta por brancos (44%), apesar do início da emigração de massa europeia na década anterior. A "cidadania negra" também não era uma questão, pois, em termos de voto, a cidadania no Brasil se restringia a menos de 1% da população: 120 mil pessoas, em uma população total de 14 milhões.

Ao mesmo tempo, ao contrário do que aconteceu nos Estados Unidos, no Brasil a emancipação dos escravos e a inclusão social dos ex-cativos não causaram nenhum "efeito rebote" com motivações raciais que tenha conduzido à segregação racial. Em *O*

---

73 ❁ Ver Sidney Chalhoub, "População e sociedade", *in História do Brasil Nação: 1808-2010*, Vol. II, *A Construção nacional 1830-1889*, José Murilo de Carvalho (org.), Madrid: Fundación Mapfre/Rio de Janeiro: Objetiva, 2012, págs. 41-2.

abolicionismo, Nabuco argumentou que, devido aos "contatos" entre as raças e à "extensão ilimitada dos cruzamentos sociais entre escravos e livres" durante os três séculos de escravidão, não haviam se desenvolvido no Brasil obstáculos ao avanço social com base apenas na raça: "A escravidão não criou entre as duas raças o ódio recíproco." No Brasil, escreveu ele em *Minha formação*, "a escravidão é uma fusão de raças; nos Estados Unidos é a guerra entre elas". Em *O abolicionismo*, por sua vez, citou o historiador e político *whig* britânico Thomas Babington Macaulay, em discurso proferido na Câmara dos Comuns em 1845, ano da *Bill Aberdeen*: "Eu não julgo improvável que a população preta do Brasil seja livre e feliz dentro de oitenta ou cem anos. Não vejo porém perspectiva razoável de igual mudança nos Estados Unidos."[74]

Em *Minha formação*, porém, Nabuco demonstrou uma aguda consciência de que a abolição da escravatura no Brasil não fora acompanhada pelas "medidas sociais complementares em benefício dos libertados", sobretudo em matéria de instrução e terra, que ele havia defendido com afinco em *O abolicionismo* e em seus discursos de campanha de 1884-5 e 1887. A triste verdade, escreveu, era que no Brasil "a corrente abolicionista parou no dia mesmo da abolição e no dia seguinte refluía". Sua esperança era que "sobre os destroços da escravidão refar-se-á com o tempo uma sociedade mais unida, de ideias mais largas".[75]

❁ ❁ ❁

---

74 ❁ *O abolicionismo*, *op.cit.*, pág. 73; *Minha formação*, *op. cit.*, pág. 169.

75 ❁ *Minha formação*, *op. cit.*, pág. 182.

CAPÍTULO III
Joaquim Nabuco, correspondente internacional em Londres *

JORNAL DO COMMERCIO, 1882-1884

No final de setembro de 1881, antecipando uma derrota na eleição parlamentar que disputaria em 31 de outubro e ao tomar conhecimento da morte de William Henry Clark, correspondente londrino do *Jornal do Commercio*, o mais antigo e bem-estabelecido jornal brasileiro, Nabuco se aproximou do proprietário, Júlio Constâncio Villeneuve, e do redator-chefe, Luís de Castro, com a intenção de sondar a possibilidade de se tornar correspondente do jornal em Londres, caso para lá fosse. A princípio, ficou combinado que isso ocorreria.[1] Nabuco foi de fato derrotado nas

---

*Este capítulo é baseado no meu ensaio "Joaquim Nabuco: correspondente em Londres: o contexto internacional", *in* José Murilo de Carvalho, Cícero Sandroni & Leslie Bethell (orgs.), *Joaquim Nabuco: correspondente internacional, 1882-1891*, 2 vols., Rio de Janeiro, Academia Brasileira de Letras/São Paulo: Global, 2013. Agradeço a contribuição do historiador Ben Bethell pela pesquisa suplementar realizada em Londres a respeito da política britânica, e especialmente da Questão Irlandesa, do Império Britânico, e das relações entre as grandes potências europeias neste período.

1 Nabuco para Penedo, 1º de outubro de 1881. Em *Joaquim Nabuco, Cartas a amigos*, Vol. I, 1864-98; Vol. II. 1899-1909, *Obras completas*, Vols. XIII e XIV, São Paulo, Instituto Progresso Editorial, 1949, Vol. I págs. 57-8.

eleições de outubro, e no dia 10 de dezembro partiu para Londres; era sua quarta visita à capital britânica em menos de uma década (ver Capítulo 1). Durante os dois anos e meio passados na cidade, de dezembro de 1881 a abril de 1884, dedicou boa parte de seu tempo à causa da abolição no Brasil (ver Capítulo 2), além de prestar consultoria jurídica para empresas britânicas com investimentos no país, mas era como correspondente do *Jornal do Commercio* que ganhava a vida antes de tudo.

O *Jornal do Commercio* fora fundado em outubro de 1827 por Pierre Plancher, que trocara a França pelo Brasil três anos antes. Em 1832, Plancher vendeu a publicação para outro francês, Junius Villeneuve, que adotou a nacionalidade brasileira em 1840 mas retornou à França em 1844, deixando a administração a cargo de Francisco Antônio Picot, outro francês naturalizado brasileiro que havia entrado para o jornal em 1832 e era seu editor desde 1837. O próprio Picot voltou à França em 1852, mas seguiu administrando o jornal de Paris. Após a morte de Junius Villeneuve, em 1863, seu filho Júlio Constâncio herdou a publicação, mas deixou Picot no comando para seguir carreira diplomática. Viria a ser ministro brasileiro em Bruxelas entre 1881 e 1884.[2] Após uma série de indicações de curta duração, Luís Joaquim d'Oliveira de Castro, nascido no Porto e emigrado para o Brasil em 1852, tor-

2 ❁ Em 1890, depois da queda do Império, Villeneuve vendeu o jornal a José Carlos Rodríguez, e Picot perdeu o controle administrativo do jornal depois de 45 anos. Picot faleceu, em Paris, em 1902, Villeneuve em 1910. Sobre a história do *Jornal do Commercio*, ver Cícero Sandroni, *180 Anos do Jornal do Commercio*, 1827-2007, Rio de Janeiro, Quorum Editora, 2007.

nou-se redator-chefe em 1868, cargo que conservou por vinte anos até sua morte, em 1888. Em uma tentativa de ampliar a cobertura internacional do jornal, foram escolhidos correspondentes internacionais para as cidades de Nova York, Paris, Lisboa e Londres.

Em dezembro de 1881, Nabuco foi instruído por Picot a escrever três vezes ao mês três artigos separados de Londres, Viena e Berlim, muito embora Nabuco nunca tenha permanecido nas duas últimas cidades, ou sequer mesmo visitado-as; todas as correspondências eram escritas de Londres. "Faz isso *nove* correspondências ao todo", queixou-se a Penedo; "me parece que deviam tratar-me como três pessoas distintas também". Entre janeiro de 1882 e maio de 1884, escreveu 228 artigos, todos enviados de Londres para o Rio via Picot em Paris. Eram publicados mais ou menos um mês depois. Não era um trabalho fácil, pois requeria, como ele próprio afirmou, "um esforço heroico". Além disso, Picot era um chefe extremamente exigente, e em mais de uma ocasião ameaçou substituir Nabuco caso ele falhasse na entrega dos textos. "O *Jornal do Commercio* quase me matou", afirmaria Nabuco a um amigo, anos mais tarde.[3] Como já se disse, foi como jornalista em Londres que se deu sua "estreia no mundo do trabalho"; ali ele descobriu a ética profissional, adquiriu disciplina intelectual e aprendeu como escrever de forma clara e incisiva.[4]

---

3 ❁ Nabuco para Penedo, 23 de janeiro de 1882, 9 de fevereiro de 1882: *Cartas a amigos*, Vol. I, págs. 66-7; Nabuco para Rodolfo de Sousa Dantas, 8 de janeiro de 1891: *Cartas a amigos*, Vol. I, pág. 194.

4 ❁ Ângela Alonso, *Joaquim, Nabuco*, São Paulo, Companhia das Letras, 2007, págs. 137, 146.

As correspondências de Nabuco para o *Jornal do Commercio* abrangiam um amplo leque de tópicos políticos e econômicos, em geral listados no começo de cada texto.[5] Até uma dúzia de assuntos distintos, tanto domésticos quanto estrangeiros, podia ser tratada em um único artigo. Os textos incluíam também eventos culturais como o casamento de Sarah Bernhardt; a morte de Trollope; uma exposição de pinturas de Eduardo de Martino; uma apresentação de *Mme.* Durand em *Covent Garden*; a primeira apresentação de *Parsifal*, última ópera de Wagner, em Bayreuth; a publicação do livro *Progress and Poverty* de Henry George; eventos esportivos como a corrida de cavalos *Grand National*; e desastres naturais como incêndios, epidemias, *etc.* Ocasionalmente, um artigo inteiro era dedicado a um único tema. Exemplos disso foram as mortes de Charles Darwin (*JC*, Londres, 29 de maio de 1882), de Garibaldi (*JC*, Londres, 3 de julho de 1882), de Sarah Bernhardt (*JC*, Londres, 18 de julho de 1882), do político francês Léon Gambetta (*JC*, Londres, 31 de janeiro de 1883, e *JC*, Berlim, 5 de fevereiro de 1883), a de Wagner em Veneza (*JC*, Londres, 17 de março, e Berlim, 24 de março de 1883), a do pretendente ao trono francês Henrique, conde de Chambord

5 Os textos completos de todas as correspondências de Nabuco – no *Jornal do Commercio* (de janeiro de 1882 a março de 1884), no *La Razón* de Montevidéu (de outubro de 1883 a março de 1884), no *O Paiz* (de abril a agosto de 1887 e de dezembro de 1887 a março de 1888), e no *Jornal do Brasil* (de março a junho de 1891) – estão em José Murilo de Carvalho, Cícero Sandroni & Leslie Bethell (orgs.), *Joaquim Nabuco: Correspondente internacional, 1882-1891*, 2 vols., Rio de Janeiro, Academia Brasileira de Letras/São Paulo, Global, 2013.

(*JC*, Londres, 27 de setembro de 1883) e o 87º aniversário de nascimento do *kaiser* Guilherme I (*JC*, Berlim, 24 de abril de 1884).

❁ As correspondências de Londres

As 91 correspondências de Londres, nunca inferiores a cinco mil palavras e muitas vezes superiores a dez mil, invariavelmente incluíam informações e estatísticas sobre os interesses britânicos no Brasil em matéria comercial e financeira.

Em meados do século XIX, a Grã-Bretanha era o principal parceiro comercial do Brasil, origem de cerca da metade das importações que entravam no país, das quais 75% eram produtos têxteis (algodão, lã, linho, *etc.*), mas que também incluíam um amplo leque de bens de consumo manufaturados, artigos de ferro para uso doméstico, talheres, porcelana e vidro, e até mesmo móveis, pianos, roupas, além de algumas matérias-primas, sobretudo carvão. Nas duas décadas após 1870, a Grã-Bretanha continuou a fornecer mais de 40% das importações brasileiras, que agora incluíam bens de capital, em especial equipamentos ferroviários, para concessionárias de serviços públicos, para agricultura e para a indústria manufatureira.

As casas comerciais britânicas administravam não só as importações da Grã-Bretanha para o Brasil, mas também a maior parte das principais exportações do país: açúcar, algodão e, acima de tudo, café, que respondia por 60 a 70% das exportações brasileiras nos últimos anos do Império. Embora a Grã-Bretanha nunca importasse mais do que 35% das exportações brasileiras, as companhias britânicas de transporte marítimo eram as principais responsáveis por distribuir os produtos brasileiros por mercados mundo afora, em especial o café, para os EUA e

Europa (Alemanha, França, Holanda e Escandinávia). Até a chegada dos bancos comerciais britânicos, na década de 1860, as casas comerciais britânicas também prestavam valiosos serviços financeiros não só para as comunidades britânicas das cidades litorâneas brasileiras, mas também para clientes brasileiros no comércio e na agricultura.

A Grã-Bretanha era a principal, quase que a única, fonte de capital do Brasil; todos os empréstimos brasileiros passavam pela *City* londrina. A partir de 1855, N. M. Rothschild & Sons passaram a ser agentes exclusivos do governo brasileiro. No final do Império, 98% da dívida pública brasileira tinha origem em empréstimos obtidos em Londres. O investimento estrangeiro direto no Brasil, modesto antes dos anos 1860, triplicou entre 1865 e 1885 e provinha quase todo da Grã-Bretanha. Sobretudo direcionado ao desenvolvimento da rede ferroviária, serviu também à modernização dos portos, às concessionárias de serviços públicos – em especial transportes, água, esgoto e gás –, à mineração do ouro, às centrais de açúcar, à manufatura (fábricas de tecido, farinha, cerveja), às atividades bancárias e de seguros, e às linhas telegráficas que ligavam o Brasil à Europa e aos EUA.

Entretanto, ao chegar a Londres, em dezembro de 1881, momento particularmente interessante da Grã-Bretanha, tanto na política interna como nas relações exteriores, Nabuco escolheu como principais temas os partidos políticos britânicos, a reforma eleitoral, e sobretudo a Irlanda, assunto dominante na política britânica no começo da década de 1880 e mesmo depois. Além disso, discorreu também sobre os desdobramentos políticos em várias partes do Império Britânico, em especial na África do Sul, no Egito e no Sudão.

A Constituição Britânica ❀ Quando estudante, no final da década de 1860, Nabuco leu *The English Constitution* (1867), de Walter Bagehot, e acabou sendo bastante influenciado pela obra. Um capítulo inteiro de *Minha formação* é dedicado a esse autor. Com Bagehot, ele aprendeu que "a alma da moderna Constituição inglesa" era o "governo do gabinete", e que "o poder legislativo escolhe o executivo". A Câmara dos Comuns, "[que] já tinha para mim o prestígio de primeira Assembleia do mundo [...] faz e desfaz o gabinete, de modo que o governo está sempre nas mãos da representação nacional". Quando o primeiro-ministro e seu gabinete perderam a confiança da Câmara dos Comuns, o Parlamento foi dissolvido "e, dentro de dias, a nação se pronuncia". Assim, "a ideia *principal* que recebi de Bagehot foi essa da superioridade prática do governo de gabinete inglês sobre o sistema presidencial americano: por outra, que uma monarquia secular, de origens feudais, cercada de tradições e formas aristocráticas [como por exemplo a hereditária Câmara dos Lordes], como é a inglesa, podia ser um governo mais direto e imediatamente do povo do que a república".[6] Após ter contato direto com o sistema de governo parlamentar dos britânicos, Nabuco escreveu em uma de suas primeiras correspondências endereçadas de Londres: "Durante o longo e importante [...] reinado de Vitória [1837-1901], o governo parlamentar chegou com efeito ao seu apogeu no mundo, e a monarquia constitucional, purificada de todos os vícios do antigo regime, atingiu a sua forma mais perfeita. A constituição

---

6 ❀ Joaquim Nabuco, *Minha formação* [1900], Rio de Janeiro, Topbooks, 1999, págs. 28-37.

inglesa tornou-se assim, no atual reinado, a mais liberal, aberta e progressiva de todas as constituições políticas, sem excetuar uma só, do presente e do passado" (*JC*, Londres, 1 de abril de 1882).

Partidos políticos ❁ Na época em que Nabuco residiu em Londres, havia na Grã-Bretanha dois partidos políticos dominantes: um Conservador, outro Liberal. Ambos tinham suas raízes em tendências internas da aristocracia inglesa e de grupos políticos no Parlamento no final do século XVII: os *tories* (nome ainda usado pelos conservadores no século XIX e até hoje, em geral com tom pejorativo) e os *whigs*.[7] Os *tories* defendiam uma monarquia forte, uma Igreja (anglicana) sólida e, acima de tudo, o *landed interest*: o interesse dos grandes proprietários rurais. Já os *whigs* aspiravam a restringir os poderes da monarquia, defendiam a tolerância religiosa (mas apenas para dissidentes no interior da própria Igreja Anglicana), e gradualmente acrescentaram os interesses bancários e mercantis aos da propriedade rural. No final da década de 1820 e começo da de 1830, os *whigs*, sob a liderança de lorde Grey, agrupavam-se em torno de três questões: a emancipação católica, a abolição da escravatura e, por fim, ainda que com grande hesitação, a reforma política. Os *tories*, sob o comando do duque de Wellington, exerciam uma oposição implacável às três questões.

7 ❁ Não há consenso sobre a origem dos termos *tory* e *whig*. Sabe-se que surgiram no ambiente político dos séculos XVII e XVIII e derivam de palavras do grupo das línguas gaélicas da Irlanda (*tory*) e Escócia (*whig*), que compõem um subgrupo das línguas célticas.

Após a Lei de Reforma de 1832 (ver adiante), que lhes valeu uma popularidade inesperada, os *whigs* se uniram em uma "coalizão liberal" com os radicais, deputados independentes que representavam populações urbanas com direitos políticos recém-adquiridos e que promoviam a liberdade individual, o livre comércio, a reforma social, uma ampliação dos direitos de voto e uma política exterior menos imperialista. O Manifesto de Tamworth (dezembro de 1834), assinado por *sir* Robert Peel, novo líder dos *tories*, que aceitava reformas políticas e de outra natureza ao mesmo tempo em que se opunha a mudanças desnecessárias, é visto como documento fundador do Partido Conservador, embora essa denominação só fosse ser adotada oficialmente em 1859. Mas os *tories*/Conservadores se dividiram em 1846 na discussão sobre as Leis do Milho, ou seja, em relação à questão do livre comércio. Em 1853, os *peelites*, autodenominados "conservadores liberais", uniram-se aos *whigs* e aos radicais num governo de coalizão, até se fundirem com eles num coerente e unificado Partido Liberal em 1859. Lorde Palmerston, originalmente um *tory*, é em geral considerado o primeiro primeiro-ministro Liberal (1859-65), mas só depois da aposentadoria de seu sucessor lorde John Russell, em 1868, é que se encerrou o domínio dos velhos *whigs* no Partido Liberal. William Ewart Gladstone, um *ex-peelite*, que continuou a se descrever como "conservador liberal", tornou-se líder do partido, ganhou as eleições gerais de 1868 e sagrou-se primeiro-ministro no primeiro de seus quatro governos Liberais até 1874.

Houve três governos de minorias protecionistas *tory*/conservadoras, sob o comando de lorde Derby (1852, 1858-9 e 1866-7), antes de Benjamin Disraeli se afirmar na liderança do partido em 1868 e de a União Nacional de Associações Conservadoras e Constitucionais, fundada em 1870, começar a obter êxito na ampliação da base social do partido, adotando os princípios liberais da liberdade e do individualismo a fim de atrair o apoio da classe média urbana, e uma política exterior "imperialista" a fim de atrair apoio popular. Nas eleições de 1874, os Conservadores obtiveram notável maioria. Disraeli, que a partir de 1876 se tornaria lorde Beaconsfield, serviu como primeiro-ministro até 1880. Na eleição geral de abril de 1880, 18 meses antes de Nabuco chegar a Londres, os Liberais reverteram de modo quase exato o resultado de 1874, ganhando 352 assentos contra 237 dos Conservadores. Gladstone começou seu segundo governo e os Conservadores seguiram na oposição, agora sob a liderança de Robert Gascoyne-Cecil, terceiro marquês de Salisbury (após a morte de Disraeli, em abril de 1881), enquanto *Sir* Stafford Northcote liderava os Conservadores na Câmara dos Comuns.

No começo da década de 1880, após as alianças instáveis e infindáveis realinhamentos que caracterizaram a política partidária no Parlamento durante o período anterior a 1868, tanto os Liberais quanto os Conservadores eram partidos políticos modernos, como explicou Nabuco aos seus leitores brasileiros. Com a expansão do eleitorado que se seguiu à Lei de Reforma de 1867 (ver adiante), ambos desenvolveram bases nacionais organizadas, conquistaram o apoio das massas e, à medida que as divisões parlamentares se tornaram mais rígidas, formaram blocos de deputados cuja sustentação a qualquer questão podia ser dada como certa pela liderança do partido. Entretanto, nos dois partidos, alguns políticos obtinham êxito em construir bases de força dentro de suas respectivas organizações partidárias. Joseph Chamberlain, nascido em Londres e com negócios em Birmingham (onde fora prefeito) e *President of the Board of Trade* no gabinete de Gladstone, o ministro responsável pelo comércio exterior e vários assuntos econômicos, liderava a facção radical no Partido Liberal, tendo fundado em 1877 a Federação Nacional Liberal, para a qual forneceu uma plataforma e uma base. Lorde Randolph Churchill, terceiro filho do 7º duque de Marlborough (e pai de Winston Churchill), liderava a facção radical/progressista do Partido Conservador. Churchill se opunha com impetuosidade ao governo liberal (por exemplo, nas questões ligadas à Irlanda e ao Egito), mas também desafiava Northcote, líder de seu partido na Câmara dos Comuns, e os deputados, a quem se referia como "velha quadrilha", que ocupavam o *front bench*, ou seja, os assentos principais de seu próprio partido. Tanto Chamberlain quanto Churchill eram vistos por Nabuco como futuros líderes do partido. Em suas correspondências de Londres, ele demonstrou um conhecimento extraordinariamente detalhado da política interna não só do Partido Liberal, com o qual tinha uma identificação natural mais próxima, mas também do Partido Conservador.

Reforma política ❁ Desde o final do século XVIII, vagas reivindicações defendiam uma reforma política, que na época significava a abolição dos chamados *rotten boroughs* (burgos podres), distritos eleitorais com menos de cem eleitores e notoriamente corruptos, e em certo sentido, ainda que difuso, a ampliação dos direitos de voto. Nas eleições para os cerca de 650 membros da Câmara dos Comuns havia dois tipos de distritos eleitorais: o *county* (condados) e o *borough* (burgos); em ambos, o direito de voto era baseado na propriedade e o eleitorado era restrito.

A primeira medida de reforma política, o *Representation of the People Act* (Lei de Representação Popular) de 1832, aprovada após longa e acirrada batalha dentro e fora do Parlamento, preservava em grande medida o direito de voto dos condados, sem alterações, mas nos burgos estendia esse direito a todos os habitantes adultos do sexo masculino com propriedades cujo valor de arrendamento fosse igual ou superior a dez libras por ano. Embora seja difícil dimensionar o tamanho exato do eleitorado antes de 1832 (em torno de 350 mil eleitores na Inglaterra e País de Gales), a lei o fez crescer 40 ou 50%: de 12 para 17% da população masculina na Inglaterra e no País de Gales, e um pouco menos na Escócia e na Irlanda. Quatro em cada cinco homens adultos, portanto, além, é claro, de todas as mulheres, ainda não tinham direito a votar. Mais importante foi a redistribuição dos assentos dos "burgos podres" para os condados – o que na verdade aumentou, pelo menos a curto prazo, a força da propriedade territorial, e com isso a do partido *tory* – e para as grandes cidades – Londres, Birmingham, Manchester, Leeds, entre outras – onde os *whigs*, e em especial os radicais, detinham o poder. Além disso, enquanto antes de 1832 menos de 20% do eleitorado votava de forma regular, a nova lei e a modesta extensão do direito de voto fizeram a participação política aumentar para mais de 50%.

No esteio do colapso do *chartism* em 1848, movimento radical e popular cuja lista de exigências incluía o sufrágio universal para os homens, uma trégua entre *whigs*/liberais e *tories*/conservadores em relação ao assunto acarretou a inexistência de qualquer exigência efetiva por reformas políticas durante quase vinte anos. No entanto, a ideia de que o direito ao voto deveria ser estendido à classe trabalhadora "respeitável" (por oposição à "perigosa") foi gradualmente se generalizando. A segunda medida de reforma, a *Representation of the People Act* de 1867, introduzida por Disraeli, estendeu o direito de voto nos distritos eleitorais de burgos a todos os *ratepayers*, ou seja, homens adultos contribuintes de impostos locais com base na propriedade de terras, desde que residissem em sua propriedade há pelo menos um ano, e também homens adultos que pagassem mais de dez libras por ano de aluguel por moradia. O eleitorado quase dobrou, de 1,4 para 2,5 milhões, crescendo quase 140% nos burgos e mais de 45% nos condados. Na Inglaterra e no País de Gales, 45% dos homens adultos residentes em cidades tinham agora direito a voto. Nos condados, onde os trabalhadores agrícolas ainda eram excluídos pela exigência da propriedade, apenas 25% podiam votar. No cômputo global, mais de um terço dos homens adultos acima de 21 anos passou a ter direito de voto na Inglaterra e no País de Gales, menos de um terço na Escócia, e um sexto na Irlanda. De igual importância, a lei de 1867 foi seguida pelo *Secret Ballot Act* (Lei do Voto Secreto) de 1872.

Ao assumir o cargo, em 1880, Gladstone prometeu estender o sufrágio nos burgos para os condados, concedendo assim poder de voto aos trabalhadores agrícolas e, na Irlanda, aos *tenant farmers*, os pequenos arrendatários rurais. Os Liberais radicais, em particular, mantiveram a questão em discussão, já que esta desafiava o domínio Conservador nas cadeiras rurais. Após noticiar a conferência a favor da reforma, ocorrida em outubro de 1883, Nabuco afirmou que toda a liderança Liberal – com exceção de George Goschen, que se recusara a participar do gabinete de Gladstone – era a favor da reforma (*JC*, Londres, 16 de novembro de 1883). "É esse um passo considerável para a democracia", escreveu. "Uma vez proclamada a igualdade do censo e feita a redistribuição eleitoral inevitável, seja isso obra de dois, três ou mesmo cinco anos, a Inglaterra se aproximará sensivelmente do sufrágio universal, isto é, do sufrágio cuja condição única é a maioridade civil. A importância política da transformação que se prepara não pode ser contestada, ninguém há que preveja as consequências do alargamento do eleitorado do Reino Unido, que está iminente" (*JC*, Londres, 30 de novembro de 1883).

Uma nova e terceira lei de reforma eleitoral, apresentada na Câmara dos Comuns em fevereiro de 1884, teve sua segunda leitura em 8 de abril, pouco antes de Nabuco deixar Londres rumo ao Brasil, e foi aprovada por 340 votos contra 210. Ele a saudou como "a vitória da democracia na Inglaterra" (*JC*, Londres, 5 de maio de 1884), embora percebesse que era provável a oposição Conservadora bloqueá-la na Câmara dos Lordes, como de fato ocorreu. A lei só foi definitivamente aprovada em novembro, depois de manifestações nacionais, da campanha *People versus Peers* (Povo contra Nobres) de Chamberlain e, na sequência de conversas privadas entre líderes dos partidos, da promessa por parte dos Liberais de apresentar legislação sobre a redistribuição dos assentos de forma a diminuir os danos ao partido Conservador.

O *Representation of the People Act* de 1884 se aplicava a todo o Reino Unido. O direito de voto para *ratepayers* e inquilinos que pagassem dez libras por ano foi ampliado dos burgos para os condados, conduzindo, assim, os dois tipos de eleitorados a um alinhamento geral. Trabalhadores agrícolas e pequenos produtores, entre os quais, pela primeira vez, arrendatários de tamanho médio na Irlanda, podiam agora votar. A lei de 1884 quase dobrou o número de eleitores nominais na Inglaterra, no País de Gales e na Escócia, e triplicou seu número na Irlanda. O eleitorado cresceu de 2,53 milhões para 5,68 milhões. Cerca de 60% dos homens adultos passaram a ter direito de voto em todo o Reino Unido. No entanto, ainda não se tratava de um sufrágio universal, pois dele estavam excluídos as mulheres, os pobres, os empregados domésticos que moravam na casa dos patrões, os filhos que viviam com os pais, os inquilinos que pagavam aluguéis abaixo de dez libras por ano e os contribuintes residentes por menos de um ano. O sufrágio universal para os homens e, com limitações, para as mulheres acima dos 30 anos, só foi introduzido em 1918, e o sufrágio universal para todo os adultos apenas em 1928.

A Questão Irlandesa ❁ A Irlanda fora conquistada pelos ingleses na segunda metade do século XVI e por eles governada, ao longo de vários séculos, como uma dependência colonial. Pela Lei de União de 1800, tornou-se pela primeira vez parte integral do Reino Unido, que passou a se chamar Reino Unido da Grã-Bretanha e Irlanda (como havia acontecido quando a Escócia se unira à Inglaterra e ao País de Gales pela Lei de União de 1707). Governada a partir do Castelo de Dublin por um *Lord Lieutenant* nomeado pelo governo britânico e responsável pela *Chief Secretary* da Irlanda no gabinete, era representada no Parlamento por 103 deputados irlandeses eleitos. Na primeira metade do século XIX, esses deputados eram tanto *whigs* quanto *tories*, Liberais e Conservadores, mas todos representavam, de forma predominante, os interesses da propriedade territorial. Uns poucos proprietários de terras, nem todos residentes, detinham metade da Irlanda, e a terra era a questão dominante na política irlandesa. No rastro da *Great Famine* (Grande Fome) de 1845-49, uma recém-formada *Tenant League* (Liga de Locatários) passou a reivindicar o que chamava de "3F": *free sale* (livre comércio), *fair rent* (aluguel justo) e *fixity of tenure* (estabilidade na posse da terra), que continuariam a ser a base das reivindicações dos locatários e arrendatários durante as quatro décadas seguintes.

Em 1858, a *Irish Republican Brotherhood* (Irmandade Republicana Irlandesa), cujos membros eram conhecidos pelo termo de origem gaélica *Fenians* (Fenianos), engajou-se em uma guerra revolucionária contra a Inglaterra, cujos principais objetivos eram a revogação da Lei de União e o estabelecimento de uma república irlandesa independente. A IRB encontrou apoio principalmente entre artesãos, comerciantes, professores e jornalistas, embora alguns fenianos reconhecessem a questão da terra como um meio de mobilizar os arrendatários irlandeses (católicos) contra os donos de terra absenteístas anglo-irlandeses (protestantes) e a favor da independência. A década de 1860 testemunhou o auge da "febre feniana", culminando com o *Fenian Rising* (Levante Feniano) ou *Irish Insurrection* (Insurreição Irlandesa) de 1867, que foi reprimido com ferocidade. Gladstone se tornou primeiro-ministro pela primeira vez no ano seguinte com a missão de "pacificar a Irlanda".

Para evitar uma solução radical de tipo nacionalista-republicano para o problema irlandês, um grupo de membros irlandeses do Parlamento, em sua maioria católicos, formou em 1870 a *Home Government Association*, ou Associação para Autogoverno. O *Home Government*, que gradualmente se tornou mais conhecido como *Home Rule*, foi definido como uma forma de autogoverno dentro de um Reino Unido federal, com um Parlamento em Dublin responsável pelos negócios irlandeses. Em 1873, a Associação se constituiu como partido político, o *Home Rule League*, conquistando 59 assentos na eleição geral de 1874. A "Liga", para todos os efeitos o terceiro partido na Câmara dos Comuns, começou a ser cada vez mais influenciada por Charles Stewart Parnell, um proprietário de terras irlandês-americano que ingressou no Parlamento em abril de 1875. Em 1880, o partido do *Home Rule* elegeu 63 deputados, incluindo Parnell e 26 outros "parnellistas", e o carismático Parnell foi eleito líder do partido na Câmara dos Comuns.

Em outubro de 1879, na esteira da crise agrária ocorrida entre 1877 e 1879, Parnell formou e presidiu a *Irish National Land League* (Liga Nacional Irlandesa de Terras), que, contando com o agitador republicano irlandês Michael Davitt como um de seus secretários, foi essencialmente uma aliança entre a IRB e o partido do *Home Rule*. A chamada *Land War*, ou Guerra das Terras, continuou entre 1879 e 1882, em princípio de forma legal e não violenta. Uma de suas principais armas era a retenção do aluguel, mas, com o aumento dos despejos, houve também um aumento na violência rural. Gladstone e os Liberais, que retornaram ao poder em 1880, apresentaram um *Irish Land Act* (Lei das Terras Irlandesas), que garantia aos arrendatários o livre direito de venda e estabelecia tribunais (*land courts*) para arbitrar as disputas relativas ao aumento dos aluguéis. Por outro lado, apresentaram e implementaram o chamado *Irish Coercion Act* (Lei Coercitiva da Irlanda), que permitia prisões baseadas apenas em suspeitas e sem julgamento. Em outubro de 1881, pouco antes de Nabuco chegar a Londres, Parnell, Davitt e outros foram capturados e presos em Kilmainham Gaol, Dublin, e a *Land League* foi declarada ilegal.

O conhecimento e entendimento de Nabuco sobre a Questão Irlandesa na política britânica demonstrados nessas correspondências são impressionantes. "O estado da ilha vizinha é tão grave e tão complexo", ele escreveu em abril de 1882, em uma de suas mais longas e atentas correspondências sobre a Irlanda. "No estado atual da Irlanda não há *somente* uma rebelião política, há também 'uma revolução social' [aqui ele citava Gladstone] [...] classe contra classe [...] não se trata somente de nacionalidade e de religião, mas de fome, de atraso no pagamento da renda, de miséria social [...] hoje existe uma nova Irlanda inimiga irreconciliável da Grã-Bretanha." A Questão Irlandesa não poderia ser resolvida apenas na base da coerção.

No intervalo que separa a escrita dessa correspondência e sua publicação (*JC*, Londres, 13 de maio de 1882), Parnell foi solto pelo chamado Tratado de Kilmainham (2 de maio de 1882), pelo qual se comprometia a retirar seu apoio à agitação agrária e concordava em trabalhar para que o *Irish Land Act* se tornasse eficaz de uma forma ordeira e pacífica. W. E. Forster, secretário de Estado para a Irlanda, recusou-se a negociar com Parnell e pediu demissão. Quatro dias depois, em 6 de maio, em um ato de pura violência dos mais espetaculares, o sucessor de Forster, lorde Frederick Cavendish, e Thomas Henry Burke, subsecretário permanente, foram assassinados a facadas em *Phoenix Park*, Dublin, por membros de um grupo dissidente do IRB chamado *Irish National Invincibles* (Nacionalistas Irlandeses Invencíveis). Foi, conforme escreveu Nabuco, "o crime mais monstruoso que a história política da Inglaterra pode recordar nos últimos cinquenta anos [...]

um desses acontecimentos que mudam num momento o aspecto de uma nova situação política veio inesperadamente transtornar todos os cálculos, enegrecer o horizonte, espalhar sobre este país a desolação e a dor e fazer os mais fortes desanimarem [...] É impossível descrever o horror, a indignação que esses infames assassinatos produziram em toda a Inglaterra e na Irlanda" (*JC*, Londres, 3 de junho de 1882). Em uma correspondência enviada em julho, ele comentou: "O estado da Irlanda infelizmente continua a ser humilhante para este país, que teve a fortuna de fundar colônias prósperas e felizes em todas as partes do mundo, mas que não pode ainda contentar a Irlanda, conciliar os celtas católicos da Hibérnia"[8] (*JC*, Londres, 3 de agosto de 1882).

A Irlanda, porém, se manteve em relativa calma no restante da estada de Nabuco em Londres. Parnell chegou a um acordo tácito de trabalho com Gladstone e os Liberais, mudando o nome de seu partido para *Irish Parliamentary Party* (Partido Parlamentarista Irlandês), e impôs uma estrita disciplina partidária dentro da Câmara dos Comuns. O IPP, contudo, continuou a ser chamado de "partido do *Home Rule*" e a defender a retórica do separatismo. Além disso, a *Irish National League* (Liga Nacional Irlandesa), fundada por Parnell, responsável pela seleção de candidatos do IPP e pela mobilização de seus votos, fazia campanha aberta pela autonomia e por reformas econômicas e eleitorais.

---

8 Hibérnia é o nome latino dado à ilha da Irlanda. Literalmente, significa "terra do inverno". Diz-se também que pode ser uma latinização de *ivernii*, nome de uma das tribos celtas que habitavam a Irlanda quando da chegada dos romanos.

Tal arranjo desagradava não apenas aos Conservadores, mas também a muitos *whigs* no Partido Liberal e a alguns radicais, entre os quais Joseph Chamberlain.

O Império Britânico ❁ Na Guerra da Independência Americana, entre 1776 e 1783, o Império Britânico havia perdido suas "Treze Colônias" na América do Norte, mas ainda retinha, ao Norte, territórios conquistados da França durante o século XVIII e divididos em quatro províncias, a maior delas o Québec. Em 1867, essas províncias formaram a Confederação Canadense, para a qual foi então atribuído um imenso território a Noroeste e, a partir de 1871, a Colúmbia Britânica, na costa do Pacífico (colônia da Coroa britânica desde 1858). A Grã-Bretanha também mantinha inúmeras possessões no Caribe: as ilhas Leeward, as ilhas Windward, a Jamaica, as Bahamas e Trinidad. Na parte continental da América Central, a Grã-Bretanha governava British Honduras (atual Belize), e, na parte continental da América do Sul, a Guiana Inglesa, cedida pelos holandeses em 1814. Além disso, a Grã-Bretanha possuía as Bermudas e diversas ilhas no Atlântico Sul, incluindo as ilhas Falklands, colônia britânica permanente desde 1841. Na costa Ocidental da África, havia ocupado em 1782 Serra Leoa, que se tornou colônia da Coroa em 1808, e a França lhe cedera Gâmbia, em 1783. No Sul da África, durante as Guerras Revolucionárias Francesas, os britânicos haviam conquistado dos holandeses, em 1795, o cabo da Boa Esperança, que era de vital interesse estratégico por conta da necessidade de assegurar as rotas marítimas para a Índia; em 1815, com o fim das Guerras Napoleônicas, este foi incorporado pelo Império Britânico sob o nome de Colônia do Cabo.

Durante o século XIX, a fim de defender seus interesses estratégicos e econômicos em escala global, e com a missão de civilizar o mundo, a Grã-Bretanha construiu um "Segundo Império" na Ásia, no Pacífico, na África e no Oriente Médio. A joia da Coroa era a Índia, oficialmente denominada "Império Indiano", do qual a rainha Vitória foi proclamada imperatriz em 1876. Embora boa parte desse vasto território tivesse sido conquistado pela *British East India Company* (Companhia Britânica das Índias Orientais) no século XVIII e começo do XIX, a Grã-Bretanha só assumiu o controle formal das possessões da Companhia em 1858, na esteira da Rebelião Indiana de 1857. Além dessas províncias sob administração direta, o Império também incluía mais de quinhentos *princely states*, principados que mantinham sua soberania nominal e eram governados indiretamente por meio de um governador indiano. A colônia do Ceilão (atual Sri Lanka) era administrada em separado.

A ilha de Hong Kong, conquistada em 1841 durante um conflito com a China, tornou-se colônia da Coroa. Na península Malaia, Cingapura, Penang e Málaca formavam os Estabelecimentos dos Estreitos, administrados como colônia britânica desde 1867. O continente australiano era administrado como seis colônias separadas que só se confederaram em 1901. Após um tratado com os maoris, a Nova Zelândia se tornou uma colônia da Coroa em 1840. Territórios avançados no Pacífico – notadamente a parte sudeste da gigantesca ilha da Nova Guiné – seriam incorporados na esteira da corrida pelo Pacífico entre potências europeias no final da década de 1880.

Embora em fins do século XIX já possuísse vastas áreas do continente, em 1880 a Grã-Bretanha mal havia começado sua conquista da África. A África Ocidental Britânica, até 1888 apenas uma entidade administrativa, era governada de Freetown, Serra Leoa, e incluía Gâmbia, o porto de Lagos, que se tornou colônia em 1861, e a Costa do Ouro Britânica, atual Gana, colônia desde 1874. No Sul da África, o território britânico abrangia duas colônias adjacentes: a do Cabo, em linhas gerais a metade meridional da atual África do Sul, e Natal, na costa Leste.

Os problemas da Grã-Bretanha na África do Sul seriam o principal foco das correspondências londrinas de Nabuco relacionadas ao Império.

África do Sul ❁ O estabelecimento dos britânicos no interior da Colônia do Cabo começou logo após sua incorporação ao Império, em 1815. No entanto, não houve assimilação entre os britânicos e os africânderes, ou bôeres, descendentes dos colonos brancos originais, principalmente holandeses, que falavam africânder e superavam em número os brancos anglófonos do começo ao fim do século XIX. Durante a década de 1830, na chamada *Great Trek* (A Grande Caminhada para o Norte), os africânderes escaparam ao governo britânico. Em 1843, para aumentar a segurança contra o reino dos zulus, a Grã-Bretanha anexou uma república bôer que teve curta existência e se tornou a colônia de Natal, expandida em 1871 para incluir a Basutolândia (atual Lesoto). Em 1852 e 1854, porém, os britânicos reconheceram duas outras repúblicas bôeres independentes: o Orange Free State e a República Sul-Africana (ou Transvaal).

Com o crescimento da importância econômica da região que se seguiu à descoberta de diamantes em 1867, tentou-se criar durante a administração Disraeli (1874-80) uma confederação de colônias britânicas e repúblicas bôeres. A tentativa falhou, e o Transvaal foi anexado por proclamação em 1877. Ao mesmo tempo, a Grã-Bretanha iniciava pela nona e última vez uma guerra contra os xhosas (cujo território foi cedido ao Cabo) e o reino independente dos zulus.[9] Em janeiro de 1879, as forças britânicas sofreram uma grande derrota frente aos zulus em Isandhlwana, o que foi um choque enorme para o público britânico, mas Cetywayo, o último rei dos zulus, acabou vencido, deposto e exilado em Londres. O governo Liberal que subiu ao poder em 1880 reconheceu a injustiça da guerra contra os zulus, e Cetywayo, o que muito impressionou Nabuco quando este chegou a Londres, obteve permissão para voltar para casa com a promessa de que a Grã-Bretanha não anexaria nenhum território dos zulus (*JC*, Londres, 18 de setembro de 1882). Cetywayo foi recebido calorosamente pelos zulus em fevereiro de 1883, mas em agosto, derrubado por seus inimigos, foi obrigado a fugir (*JC*, Londres, 15 de fevereiro de 1883). Nabuco criticou o governo britânico por subestimar a força da oposição, e por não lhe proporcionar apoio militar adequado (*JC*, Londres, 31 de agosto de 1883). Cetywayo morreu em fevereiro de 1884. Em 1887, a Grã-Bretanha anexou o território zulu.

A derrota dos ingleses pelos zulus em Isandhlwana encorajou os bôeres do Transvaal a se revoltarem em dezembro de 1880 no que se tornou a Guerra do Transvaal ou Primeira Guerra dos Bôeres (1880-81), na qual as tropas britânicas sofreram uma sé-

9 ❁ Simultaneamente, envolvia-se na Segunda Guerra Anglo-Afegã (1878-80), que terminou com a ocupação de Cabul.

rie de derrotas e que culminou com sua humilhação em Majuba Hill, em fevereiro de 1881. O primeiro-ministro Liberal Gladstone, que na oposição havia combatido a anexação do Transvaal (e, mais do que isso, a própria política imperialista de Disraeli), aceitou o Transvaal independente, sujeito, pela Convenção de Pretória de agosto de 1881, a uma "suserania" britânica definida em termos vagos, mas que, de fato, significava controle da política exterior e influência sobre os *native affairs*, assuntos nativos, ou seja: o tratamento dispensado aos africanos negros, zulus e bechuanas. Os bôeres, porém, não abandonaram seus antigos hábitos, e continuaram a tratar os negros com grande crueldade. O que a Inglaterra deveria fazer? Na opinião de Nabuco, "intervir à mão armada seria recomeçar a guerra contra os bôeres". Mas, "abandonar os bechuanas à sua sorte seria praticamente condenar à escravidão uma população que sofre em parte pelo auxílio que prestou a este país" (*JC*, Londres, 17 de abril de 1883). Gladstone decidiu não entrar em uma nova campanha nessa África Meridional. Concessões adicionais foram feitas aos bôeres na Convenção de Londres, em fevereiro de 1884, mas eles permaneceram insatisfeitos e ressentidos com o poder e a influência britânicos.

Com relação às relações exteriores da Grã-Bretanha, mais do que os acontecimentos do Império, sobretudo da África do Sul, o que mais interessou Nabuco durante seu primeiro período como jornalista em Londres foi a situação do Egito e do Sudão, sobre a qual ele escreveu de maneira mais extensa.

Egito ❁ No Norte da África, o Egito, parte do Império Otomano, foi governado de 1805 a 1914 pela dinastia inaugurada por Muhammad Ali Paxá (1805-49), com certo grau de autonomia em relação a Constantinopla. O país, entretanto, foi gradualmente influenciado e enfim dominado pelo Ocidente, sobretudo por britânicos e franceses. A Grã-Bretanha tinha no Egito interesses comerciais e financeiros: no final da década de 1870, recebia 80% das exportações do país (sobretudo algodão) e lhe fornecia quase metade das suas importações de bens manufaturados; um terço da dívida externa egípcia, aumentada durante a década de 1860, estava nas mãos de acionistas britânicos. O interesse estratégico da Grã-Bretanha pelo Egito cresceu substancialmente em 1869, com a abertura do Canal de Suez, que passou a fornecer uma rota direta para a Índia. Em 1875, o Egito declarou falência, e em 1878 as finanças passaram a ser monitoradas por um "controle duplo" anglo-francês. Em 1879, o quediva Ismail Paxá foi obrigado a transferir o poder para o filho, Tewfik, mais maleável, de forma que dois terços da receita orçamentária do Egito fossem reservados ao pagamento da dívida.

O ressentimento antieuropeu se espalhou, e em setembro de 1881 Ahmed Arabi, um oficial do Exército de origem camponesa, comandou uma revolta nacionalista muçulmana contra o "absolutismo" do quediva Tewfik e o controle estrangeiro ("Egito para os egípcios"). Em janeiro de 1882, os governos britânico e francês, preocupados com uma possível inadimplência no pagamento da dívida externa e com uma ameaça ao Canal, apresentaram uma Nota Conjunta apoiando Tewfik, mas um mês depois este foi obrigado pelos militares a aceitar um ministério nacionalista, visto como uma ameaça aos cidadãos estrangeiros. Em maio, Gladstone, que na oposição combatera publicamente a ideia de uma tomada britânica do Baixo Egito e do Canal, autorizou o envio de uma força naval conjunta inglesa e francesa para o Leste do Mediterrâneo. Na Grã-Bretanha e no resto da Europa, as opiniões divergiam quanto ao passo seguinte a ser tomado. Na opinião de Nabuco, "os dois governos em questão entraram conjuntamente numa verdadeira aventura política, expuseram loucamente a vida de seus nacionais, cobriram-se de humilhação, e acham-se hoje colocados na alternativa de recuar, sacrificando a última parcela do seu prestígio no mundo árabe [...] ou de abrir caminho a ferro e fogo, devastando um país que havia feito tanto progresso, provocando uma guerra de raças e de religião, e expondo-se no continente a perigos muito sérios" (*JC*, Londres, 12 julho de 1882).

Em 11 de julho, os britânicos bombardearam e destruíram parte de Alexandria. Nabuco comentou sobre o bombardeio e seus desdobramentos: "Alexandria é hoje na sua parte mais próspera e florescente, nos seus quarteirões ricos, ainda ontem animados com a exuberância da vida levantina, com o fluxo e refluxo do comércio, um montão de ruínas fumegantes, debaixo das quais número desconhecido de cadáveres se acham ainda insepultos [...] essa destruição recente de uma grande cidade, saqueada e queimada pelos próprios habitantes, em resposta às bombas do inimigo. Dir-se-ia que a fúria excitada do fanatismo muçulmano não procurava assim somente vingar a afronta recebida, mas também sentia um prazer selvagem em dizer aos cristãos e aos europeus mostrando-lhes Alexandria em ruínas: Começastes a obra do extermínio, nós a acabamos." E concluiu: "O Egito é uma mina que pode explodir debaixo dos pés da Inglaterra" (*JC*, Londres, 13 de agosto de 1882).

Os franceses se recusaram a invadir o Egito, mas em agosto o grosso das tropas britânicas, posicionadas em qualquer parte do mundo entre a Guerra da Crimeia (1853-6) e a Segunda Guerra dos Bôeres (1899-1902), chegou ao país. Em setembro de 1882, o exército britânico derrotou as forças nacionalistas na batalha de Tel-el-Kebir. A cidade do Cairo foi ocupada, o governo de Tewfik reconhecido, e Arabi expulso para o Ceilão. O quediva seguiu governando em nome do sultão em Constantinopla, mas, na prática, apesar da esperança inicial de Gladstone de que a ocupação fosse curta, o Egito se tornou de *facto* uma colônia britânica, um "protetorado velado" administrado por lorde Dufferin até setembro de 1883, quando *sir* Evelyn Baring, futuro lorde Cromer, foi nomeado cônsul-geral.

Nabuco tentava guiar seus leitores brasileiros pelo "*labyrintho egyptiano*". Defendia Gladstone, em quem via um homem de paz com a melhor das intenções, e considerava Arabi mais um aventureiro militar com inclinações autoritárias do que um nacionalista egípcio. Mas o Egito, percebia ele, era "o ponto fraco" da administração Gladstone. Embora considerasse justificável a intervenção estrangeira para restaurar as finanças públicas e fornecer as bases para o progresso material e a construção da nação ("uma grande dose de civilização", *JC*, Londres, 5 de dezembro de 1882), julgava o bombardeio de Alexandria uma tragédia. A subsequente ocupação do Egito foi desastrosa, revelando-se não provisória, mas sim fadada a conduzir à anexação. "Desde o princípio", concluiu Nabuco na véspera de sua partida de Londres, "a expedição do Sr. Gladstone contra Arabi figurou-se-me um erro político de vastas consequências da parte de um estadista que proclamava de boa fé não querer anexar território, nem aumentar as responsabilidades do Império, porque a consequência de Tel-el-Kebir só podia ser, afinal, uma ditadura inglesa no Cairo [...]

O estado do Egypto é na verdade lamentável" (*JC*, Londres, 3 de fevereiro, 14 de fevereiro de 1884). No final, lorde Cromer permaneceu cônsul-geral no Cairo até 1907, e o Egito foi formalmente declarado um protetorado britânico em 1914.

Sudão ❁ Outra consequência da política britânica em relação ao Egito, previu Nabuco, seria o abandono à "barbárie e fanatismo" do imenso território ao Sul de Assuã, o Sudão, o Alto Nilo, conquistado pelo Egito em 1822 (*JC*, Londres, 3 de fevereiro de 1884). Em julho de 1881, um clérigo fundamentalista muçulmano, Muhammad Ahmad (Ahmed), se declarou *mahdi* e iniciou uma *jihad* contra o Egito e os estrangeiros que se propagou rapidamente. Em novembro de 1883, após a aniquilação de uma forte tropa egípcia de 10 mil homens sob o comando do coronel William Hicks ("Hicks Paxá"), Gladstone aceitou o argumento de *sir* Evelyn Baring de que todas as guarnições deveriam se retirar do Sudão. O general Charles Gordon foi enviado ao Cairo e renomeado governador-geral do Sudão, onde já servira sob o quediva Ismail, de 1874 a 1879. Se viesse a ocorrer "uma carnificina em Cartum ou a morte de Gordon", previu Nabuco com extraordinária previdência, Gladstone seria culpado e responsável diante do Parlamento e da opinião pública por algo muito pior do que o "desgoverno do Egito desde Tel-el-Kebir" (*JC*, Londres, 10 de março de 1884).

Gordon chegou a Cartum em fevereiro de 1884 com instruções para organizar a evacuação do Sudão. Escolheu, porém, permanecer e defender a "civilização" contra a "barbárie", embora, para consternação da *British and Foreign Anti-Slavery Society* e do Partido Liberal em Londres, tenha publicado um édito sancionando o tráfico de escravos e a escravidão no Sudão a fim de assegurar paz e apoio local para seu governo. Fosse a proclamação necessária ou não nas circunstâncias em que Gordon se encontrava (e visto que ele era um inimigo declarado do tráfico negreiro e da escravidão), Nabuco estava fadado a considerá-la "em desacordo com o papel histórico da Inglaterra nessa questão [...] um golpe mortal no crédito deste país" (*JC*, Londres, 27 de março de 1884).

Em março de 1884, Cartum foi sitiada pelos rebeldes sudaneses do *mahdi*, e o Sudão foi praticamente abandonado pelo governo britânico, escreveu Nabuco, "a uma revolução de árabes fanatizados por um falso profeta (o *mahdi*) [...] perdida para a civilização" (*JC*, 27 de marco de 1884). O destino de Gordon se tornou uma causa popular. Durante toda a primavera e verão de 1884, aumentaram os pedidos por uma expedição de resgate a fim de salvá-lo a qualquer custo. Na véspera de sua partida para o Brasil, em abril, Nabuco escreveu que "o governo britânico, pelo menos a julgar pelas declarações do sr. Gladstone, parece não ter ainda consciência da gravidade da situação em Cartum" (*JC*, Londres, 23 de maio de 1884). Em sua última correspondência de Londres, afirmou: "A atenção da nação inglesa está neste momento toda concentrada em um único ponto: o Egypto." Estava se referindo não às finanças egípcias, nem à terrível epidemia de cólera então em curso, mas sim ao abandono do "heroico e místico general Gordon" ao *mahdi* e, portanto, à "barbárie e fanatismo dos selvagens" (*JC*, Londres, 27 de maio de 1884).

Cartum foi finalmente libertada pelas tropas britânicas no final de janeiro de 1885, mas dois dias depois de Gordon ter sido morto e decapitado. Quando as notícias chegaram a Londres, em fevereiro, houve uma onda popular de comoção por Gordon e de ultraje pela humilhação britânica, bem maior do que a reação às derrotas de Isandhlwana ou Majuba Hill na África do Sul, embora em alguma medida mitigada, naquele momento, pela perspectiva real e imediata de uma guerra contra a Rússia numa disputa pelo Afeganistão e, consequentemente, pela Índia. Gladstone ainda venceria mais duas eleições, em 1885 e 1892, e lideraria outros dois governos Liberais de curta duração (1885-6 e 1892-4), mas jamais conseguiria se livrar por completo do abandono de Gordon em 1884-5.

❁ As correspondências de Viena e Berlim

Como as 70 correspondências de Berlim e as 67 de Viena para o *Jornal do Commercio* foram, na realidade, escritas em Londres, eram mais breves – duas a três mil palavras para as de Berlim, de mil a mil e quinhentas para as de Viena – e mais factuais, contendo menos opiniões pessoais que as de Londres. Eram baseadas na imprensa londrina, em particular no *Times* e no *Standard*. O *Times*, editado por Thomas Chenery (1877-84) e depois por George Earle Buckle (1884-1912), era o principal diário da Grã-Bretanha, com recursos financeiros para manter correspondentes estrangeiros por toda a Europa. Já o *Standard*, tanto nas edições matutinas quanto nas vespertinas, se destacava pelas informações internacionais desde a brilhante cobertura da Guerra Civil Americana e da Guerra Franco-Prussiana. Outras importantes fontes de informação eram o *Daily News*, liberal, e o *Morning Post*, conservador; o semanário liberal *Spectator*, editado entre 1861 e 1886 por Meredith Townsend e Richard Holt Hutton, amigo e editor de Bagehot; e a *Pall Mall Gazette*, fundada em 1865 como um vespertino de orientação conservadora, mas que, com um novo proprietário em 1880, passou, sob a liderança dos redatores-chefes John Morley (1880-3) e William Thomas Stead (1883-90), a apoiar o Partido Liberal.

Assim como as correspondências londrinas, as de Viena e Berlim abordavam uma ampla gama de temas políticos, econômicos, sociais, culturais (sobretudo eventos musicais e exposições) e intelectuais. Entre os assuntos tratados, estavam a celebração dos vinte anos da nomeação de Otto von Bismarck como primeiro-ministro da Prússia (*JC*, Berlim, 10 de novembro de 1882); a coroação do czar Alexander III, "um dos maiores espetáculos de nossa época" (*JC*, Berlim, 23 de maio, 2 de julho de 1883); o sexto centenário da subida ao trono da família Habsburgo (*JC*, Viena, 6 de fevereiro de 1883); a imigração alemã para o Brasil; os negócios entre Brasil e Alemanha; os anarquistas, socialistas e niilistas na Alemanha, no Império Austro-Húngaro e, acima de tudo, na Rússia; o crescimento do antissemitismo; e as relações entre Igreja e Estado. As correspondências, porém, concentravam-se sobretudo na política interna dos três grandes impérios da Europa central e oriental, na Questão Oriental (o problema diplomático e político acarretado pelo declínio do Império Otomano na Europa oriental, especificamente na região dos Bálcãs), e nas relações entre as grandes potências europeias.

Europa central e oriental ❁ Quando Nabuco começou a escrever sobre a política continental europeia em Londres, em janeiro de 1882, as regiões central e oriental da Europa eram dominadas por três grandes impérios: o Império Alemão, o Império Austro-Húngaro e o Império Russo.

O Império Alemão fora forjado diplomaticamente pela anexação prussiana de Hanover, pela incorporação pela Federação Alemã do Norte de estados alemães localizados ao Sul, e por uma série de guerras travadas por Guilherme I, coroado rei da Prússia em 1861, e seu primeiro-ministro Otto von Bismarck: contra a Dinamarca, em 1864; contra a Áustria, em 1866, para disputar o Schleswig-Holstein; e, contra a França, em 1871, pela dominação da Alsácia-Lorena. Em meio a considerável fervor nacionalista, Guilherme foi proclamado *kaiser* (imperador) da Alemanha em 18 de janeiro de 1871, em Versalhes. Bismarck tornou-se chanceler imperial, cargo que conservaria pelos 19 anos seguintes. Embora concebido como um Estado moderno, burocrático e secular, com eleições desde o início baseadas no sufrágio universal masculino, o Império Alemão herdou a estrutura militarista e autocrática da Prússia. Bismarck atrelou o liberalismo econômico aos objetivos do nacionalismo conservador: a classe capitalista do Império foi encorajada a buscar uma industrialização rápida em larga escala, e os trabalhadores da indústria se beneficiaram com os primeiros programas de seguridade social da Europa.

O Império Austro-Húngaro apresentava uma extraordinária diversidade. Onze nacionalidades principais viviam no interior de suas fronteiras: alemães, concentrados sobretudo na Áustria, mas também numerosos na Boêmia; magiares na Hungria; tchecos na Boêmia; eslovacos ao Leste; poloneses e ucranianos na Galícia; romenos na Transilvânia; croatas, sérvios e eslovenos ao Sul; italianos no Tirol Alpino; além de judeus e muçulmanos bósnios. Embora os alemães e magiares constituíssem as populações mais numerosas, ambos eram superados pelos eslavos se considerados como um grupo único (tchecos, eslovacos, poloneses, ucranianos, croatas, sérvios e eslovenos). Alguns fatores contribuíam para manter unido esse Império potencialmente fissíparo. O primeiro deles era a hegemonia alemã, baseada em uma vasta burocracia germanófona, uma próspera burguesia e o domínio da vida cultural e política. Havia também o catolicismo, praticado pela maioria de seus súditos, o Exército imperial, e o apoio e lealdade das aristocracias austríacas e húngaras – e, em menor escala, polonesas e croatas – à monarquia dos Habsburgo e ao imperador Francisco José I, que subira ao poder aos 18 anos, em 1848, e governaria até 1916.

Cada vez mais preocupados com o nacionalismo que ameaçava destruir o Império por dentro, pois os alemães sinalizavam com a possibilidade de aderirem a uma Alemanha unificada, enquanto os magiares reivindicavam uma influência política correspondente ao tamanho do território húngaro (o maior do império), os Habsburgo criaram, pelo Acordo (*Ausgleich*) de 1867, uma monarquia austro-húngara dual: Francisco José governaria como imperador da Áustria e como rei constitucional da Hungria (era também rei da Boêmia, Croácia, Galícia, *etc.*); os ministros das Finanças, Relações Exteriores e Defesa permaneceriam em Viena, mas a Hungria teria sua própria constituição, com parlamento, governo e burocracia compostos por falantes de língua húngara em Budapeste; e os parlamentos da Áustria e da Hungria enviariam representantes a uma Assembleia Imperial. A hegemonia alemã na Áustria e a hegemonia magiar na Hungria permaneceram intactas. Em 1871, uma tentativa de criar uma monarquia tripartite (Áustria, Hungria e o antigo reino tcheco da Boêmia, com capital em Praga) fracassou. Embora a igualdade das nacionalidades fosse em princípio reconhecida, muitos eslavos do Sul (sérvios, eslovenos e croatas) se ressentiram, em particular, do Acordo e da "magiarização" cultural ocorrida na Hungria.

Lar de quase duzentas nacionalidades que falavam 146 idiomas, o Império Russo abrangia um vasto território que ia do Ártico ao mar Negro e do Báltico ao Pacífico. Embora o czar Alexandre II (1855-81) tenha implementado reformas ambiciosas – a emancipação dos servos, em 1861, foi seguida pela criação de assembleias eleitas (*zemstvos* e *dumas*) e de um judiciário quase independente –, a Rússia permanecia em sua essência um Estado autocrático, baseado em uma aliança entre o czar e a nobreza. Após greves maciças de trabalhadores em São Petersburgo, em 1878 e 1879, e três tentativas de assassinato de Alexandre II (a terceira delas bem-sucedida, em março de 1881), Alexandre III (1881-94) restringiu o poder dos *zemstvos*, transferiu a autoridade judicial de volta para a polícia, e instituiu um regime bastante repressivo, no qual prisões arbitrárias eram generalizadas.

A Questão Oriental ❁ Os anos imediatamente anteriores à chegada de Nabuco a Londres testemunharam mudanças dramáticas e de longo alcance no sudeste europeu, a região dos Bálcãs, até então parte do Império Otomano (com exceção da Grécia, independente desde 1832) e cujas diferentes unidades administrativas gozavam de graus variados de autonomia. A Rússia cobiçava havia séculos o estreito de Dardanelos e o estreito do Bósforo, cujo domínio asseguraria o controle da entrada para o mar Negro e do acesso ao Mediterrâneo. O país também se considerava protetor dos cristãos ortodoxos no Império Otomano islâmico. No final da década de 1860 e início da de 1870, a oposição eslava ao domínio turco nos Bálcãs e o sentimento local crescente a favor do pan-eslavismo deram à Rússia uma nova oportunidade para expandir seu território e aumentar a influência política na região. O governo russo se tornou um advogado cada vez mais assertivo dos interesses eslavos no Império Otomano.

Desde longa data, a política britânica era de oposição ao expansionismo russo, não só nos Bálcãs e no Leste do Mediterrâneo, em particular para manter os estreitos fora do alcance russo, mas também na Ásia Menor, pois esta ameaçava os interesses comerciais e estratégicos britânicos no Afeganistão e, mais importante, na Índia. Tal política significava proteger ao máximo a independência e a integridade do decadente Império Otomano, "o doente da Europa", nas palavras do czar Nicolau I. O apoio britânico (e francês) aos turcos contra a Rússia já conduzira anteriormente à Guerra da Crimeia (1853-6). Ao mesmo tempo, havia também na Grã-Bretanha alguma simpatia pelos eslavos no Império Otomano, sobretudo pelos cristãos massacrados pelos turcos na Bulgária em 1876. Em setembro de 1876, Gladstone publicou um panfleto, *The Bulgarian Horrors and the Question of the East* (Os horrores búlgaros e a Questão Oriental), que vendeu duzentas mil cópias em três semanas. Porém, quando a Rússia declarou guerra ao Império Otomano e invadiu os Bálcãs em apoio aos búlgaros e sérvios em abril de 1877, o nono de uma série de conflitos entre Rússia e Turquia desde o século XVII, a opinião pública britânica passou a se opor aos russos de maneira beligerante,[10] e o governo conservador britânico, sem-

10 ❁ Uma canção popular nos bares e teatros de variedades começava assim: *We don't want to fight but by Jingo if we do / We've got the ships, we've got the*

pre pró-turco, enviou navios da Marinha Real ao Mediterrâneo oriental e ao estreito de Dardanelos, em fevereiro de 1878, como uma advertência à Rússia.

O chanceler alemão Bismarck foi anfitrião de um Congresso das Grandes Potências em Berlim, nos meses de junho e julho, para resolver a crise imediata. O primeiro-ministro Disraeli voltou de Berlim vangloriando-se de uma "paz com honra". Mas a descrença russa aumentou tanto em relação à Alemanha como mediadora do tratado quanto à Áustria-Hungria, bem como em relação à Grã-Bretanha, e, se por um lado uma frágil paz perdurou nos Bálcãs por mais de trinta anos, o Tratado de Berlim continha as sementes do futuro cataclismo. Sem uma solução permanente para a Questão Oriental, o problema que as grandes potências europeias enfrentavam em decorrência da desintegração do Império Otomano e das reivindicações dos diversos estados e nacionalidades balcânicas se tornou evidente. Conflitos irromperam novamente nas duas Guerras Balcânicas, entre 1912 e 1913, e foi um incidente em Sarajevo, na Sérvia, que levou à deflagração da Primeira Guerra Mundial.

---

men, we've got the money too / We've fought the Bear before, and while we're Britons true / The Russians shall not have Constantinople! (Nós não queremos lutar, mas como patriotas lutamos / Temos os navios, temos os homens, temos o dinheiro também / Já lutamos contra o Urso antes e se somos britânicos de verdade / Os russos não terão Constantinopla!) Assim se introduziu na língua inglesa o termo *jingoism* (jingoísmo, em português), para se referir ao patriotismo extremo e belicoso, que defende as ameaças e o uso da força em prol do interesse nacional.

Relações entre as grandes potências europeias ❁ No final da década de 1870 e início da de 1880, havia cinco grandes potências na Europa: os três impérios da Europa central e da Europa oriental – Alemanha, Áustria-Hungria e Rússia – a Grã-Bretanha e a França. As relações entre as grandes potências tinham por base alguns eixos principais. O primeiro deles era a inimizade francesa em relação à Alemanha, após a derrota na Guerra Franco-Prussiana e a perda da Alsácia-Lorena, uma das mais ricas províncias francesas. Em seguida, havia os interesses concorrentes entre Rússia e Áustria-Hungria pelos Bálcãs diante do emergente nacionalismo eslavo e da desintegração do Império Otomano na Europa. Havia também o medo do expansionismo russo, que aproximava a Áustria-Hungria da Alemanha. Por fim, a política alemã de isolar a França, preservando relações amigáveis com a Áustria-Hungria, mantendo a Rússia o mais longe possível e não antagonizando a Grã-Bretanha.

Bismarck passou a dar cada vez mais prioridade à aliança entre Alemanha e Áustria-Hungria, a Aliança Dual (1879), um elemento-chave na diplomacia europeia até 1914. As duas partes concordavam em se ajudar no caso de um ataque russo. Como consequência, a Rússia se distanciou ainda mais da Alemanha e da Áustria-Hungria, aproximando-se da França, o que frustrava um dos objetivos centrais da política externa de Bismarck. Em 1892, Rússia e França assinaram um tratado militar que em 1894 se tornou uma aliança formal secreta, uma segunda Aliança Dual. Depois de refrear a Rússia no Congresso de Berlim em 1878, a Grã-Bretanha passou a desempenhar um papel cada vez mais marginal na diplomacia europeia, permanecendo fora do sistema de alianças até a *Entente Cordiale* com a França em 1905. Nessa época, as grandes potências estavam divididas em dois campos armados, com potencial para mergulhar a Europa numa guerra.

LA RAZÓN (MONTEVIDÉU), 1883-1884

Em setembro de 1883, Nabuco foi convidado por Carlos Maria Ramirez, coproprietário e redator-chefe do jornal *La Razón* em Montevidéu, para escrever duas vezes ao mês sobre "política inglesa, movimento científico, literário, ou o que você preferir, com referência ao Império Britânico".[11] Como ele precisava escrever apenas dois artigos por mês (em comparação com os nove para o *Jornal do Commercio*), além de dissertar com mais liberdade sobre uma gama mais ampla de assuntos e de forma mais extensa, as quatorze cartas redigidas de Londres para o *La Razón*, traduzidas para o espanhol pelo próprio Ramirez, representam alguns dos melhores trabalhos de Nabuco como jornalista. A primeira, publicada em 9 e 10 de novembro de 1883, fornecia aos leitores uruguaios uma admirável visão geral sobre o Império Britânico, além de comentários sobre as políticas internas da França, da Espanha e da Noruega (!). Na maioria das cartas, Nabuco oferecia sua visão sobre a política britânica, os partidos Liberal e Conservador, Gladstone – fonte de interminável fascínio para ele –, a reforma eleitoral e a extensão do direito de voto, a Irlanda e, é claro, o Egito, bem como a política das grandes potências europeias.

11 ❁ Citado em Alonso, *Joaquim Nabuco, op. cit.*, pág. 149. Sobre o jornal *La Razón*, ver Adriana Mirel Clavijo, "*La Razón* e a imprensa uruguaia no final do século XIX", em Carvalho, Sandroni & Bethell (orgs.), *Joaquim Nabuco: Correspondente internacional, op. cit.*, Vol. I, págs. 69-73.

No entanto, também era capaz de refletir de forma mais ampla sobre assuntos como o futuro da democracia, o liberalismo e, na carta publicada em 13 de dezembro, o socialismo. Nabuco também escreveu, de forma interessante, sobre as condições da classe trabalhadora na Inglaterra (21 de dezembro de 1883) e sobre a obra *Progress and Poverty* de Henry George (15 de fevereiro de 1884).

Em duas cartas, tratou de tópicos não muito discutidos em suas correspondências para o *Jornal do Commercio*: a América do Sul e a Austrália. O texto publicado em 23/24 de novembro de 1883 é fundamentalmente uma reflexão sobre a política na América do Sul, sobretudo a recém-concluída Guerra do Pacífico (1879-83), na qual o Chile derrotou a Bolívia e o Peru. No entanto, Nabuco usou o conflito para comentar a atitude negativa da imprensa britânica, em especial do *Times*, em relação à América do Sul, em particular à América do Sul hispânica; o Brasil era em grande parte poupado dessa hostilidade. "*El tono de la prensa inglesa sobre el Sud de América*", Nabuco escreveu, "*es siempre irritante para un sudamericano, de cualquier nacionalidad*". Na presciente carta publicada em 10 de janeiro de 1884, ele discorreu sobre a recente Convenção Intercolonial ocorrida em Sidney, Austrália, na qual as seis colônias britânicas australianas deram os primeiros passos rumo à federação. A declaração no estilo Monroe feita pelas seis colônias, em conjunto com Nova Zelândia e Fiji, no sentido de que a Grã-Bretanha, o Império Britânico, não permitiria a nenhum poder estrangeiro dominar o Pacífico do Sul, foi reconhecida por Nabuco como um "*documento histórico* [...] *es el nacimiento no de un pueblo, sino de un mundo. Es, en efecto, la entrada de los Estados Unidos del Pacífico en la historia* [...] *la Australasia aparece ahora en la escena del mundo*".

O PAIZ, 1887-1888

Em dezembro de 1883, Picot concedeu a Nabuco uma licença de quatro meses do *Jornal do Commercio*, após dois anos em Londres, e ele retornou ao Brasil no final do mês de abril de 1884. No Rio de Janeiro, retomou a luta contra a escravidão (ver Capítulo 2). No entanto, após a derrota da modesta lei do senador Manuel Pinto de Souza Dantas – que pretendia libertar os escravos com mais de 60 anos sem indenização – e a aprovação, em setembro de 1885, de uma versão bastante diluída, a Lei Saraiva-Cotegipe, mas, sobretudo após a derrota eleitoral sofrida pelo próprio Nabuco no Recife em janeiro de 1886, seus pensamentos se voltaram novamente para Londres. Após uma ausência de dois anos, porém, ele temia que Picot – que havia insistido para que reassumisse suas funções no máximo até 24 de agosto de 1884, exatos quatro meses após partir da Inglaterra rumo ao Brasil – não fosse nomeá-lo outra vez correspondente do jornal, e temia não conseguir nenhum outro emprego.[12] Cogitou lançar um jornal próprio, *O Século*, um sonho antigo, mas, caso esse plano fracassasse, como de fato aconteceu, não teria outra alternativa senão retornar ao exílio em Londres.[13]

No final das contas, seu retorno a Londres acabou sendo postergado por mais um ano, pois o editor Quintino Bocaiuva convidou-o para escrever uma coluna diária sobre negócios parlamentares para *O Paiz*, um jornal republicano, mas também

---

12 ❁ Nabuco para Penedo, 17 de maio de 1885, em *Cartas a amigos*, Vol. I, págs. 136-41.

13 ❁ Nabuco para Penedo, 4 de março de 1886, em *Cartas a amigos*, Vol. I, pág. 141.

abolicionista, fundado em outubro de 1884 por João José dos Reis Jr., futuro visconde de Matosinhos. Entre maio e outubro de 1886, tempo que durou a sessão parlamentar, Nabuco escreveu mais de sessenta artigos para *O Paiz*, críticas ferozes ao governo conservador pró-escravatura liderado pelo barão de Cotegipe. Quando enfim trocou o Rio por Londres, em março de 1887, foi na qualidade de correspondente de *O Paiz*.

Nabuco passou quatro meses em Londres, de abril a agosto de 1887. Mais uma vez, trabalhou em proximidade com Charles Allen e com a *British and Foreign Anti-Slavery Society* para promover a causa da abolição no Brasil. Penedo mais uma vez lhe arranjou trabalho jurídico, mas Nabuco estava comprometido em primeiro lugar com os textos para *O Paiz*. Nesses quatro meses, produziu 22 artigos distintos das correspondências escritas para o *Jornal do Commercio* e das cartas para o *La Razón:* em geral mais curtos, em torno de um tema único, com menos notícias e mais reflexões.

Como explicou em um artigo publicado em 25 de junho, um correspondente brasileiro na Europa precisava encarar duas dificuldades principais. A primeira era que a maioria dos brasileiros se interessava pouco pelos acontecimentos do outro lado do Atlântico. Não era fácil conquistar a atenção dos leitores, sobretudo no caso de Nabuco, que se via não como "um simples transmissor de notícias", mas como "um escritor político que se propõe aproveitar a lição dos fatos contemporâneos do estrangeiro em benefício da educação liberal dos seus compatriotas". A segunda dificuldade, da qual estava ainda mais consciente em 1887 do que em 1882-4, era que "o telégrafo matou a correspondência, ou, por outro, a correspondência hoje em dia só pode ser bem-feita pelo telégrafo, dia por dia".

Ao escrever para *O Paiz* em 1887, Nabuco deu alguma atenção à política europeia – tratou, por exemplo, da Terceira República Francesa, da Alemanha de Bismarck e da Rússia, onde em março de 1887 houvera uma tentativa de assassinato contra o czar Alexandre III – e às relações entre as potências desse continente. No entanto, escreveu bem menos do que havia escrito para o *Jornal do Commercio* sobre os Bálcãs, cuja situação era relativamente tranquila, e sobre o Império Britânico, onde não ocorria nada tão dramático quanto os acontecimentos anteriores no Egito e Sudão. A (segunda) Conferência de Berlim (de novembro de 1884 a fevereiro de 1885), que contara com delegados da Alemanha, França, Áustria-Hungria, Grã-Bretanha, Portugal, Espanha, Dinamarca, Bélgica, Holanda e Itália, havia determinado em quais regiões da África cada potência europeia poderia dar seguimento a sua expansão territorial sem interferência das outras, mas isso foi alguns anos antes de a *scramble for Africa* (a corrida pela África) chegar ao ápice.[14] Na África do Sul, a descoberta de ouro em 1886 ameaçou alterar o delicado equilíbrio de poder entre britânicos e bôeres, mas seria necessário mais de uma década para que irrompesse a Segunda Guerra dos Bôeres.[15]

---

14 ❈ No princípio do século XX, a parte Sul do Saara africano foi dividida entre as potências europeias. Os únicos Estados africanos que permaneceram independentes foram a Libéria e a Abissínia (Etiópia).

15 ❈ Na Segunda Guerra dos Bôeres (outubro de 1899 a maio de 1902), a Grã-Bretanha derrotou as duas repúblicas bôeres independentes, Transvaal e Orange Free State. Ambas foram anexadas pela Coroa e incorporadas ao que se tornaria, em 1910, a União Sul-Africana, domínio do Império Britânico.

Os artigos de Nabuco para *O Paiz* tratavam fundamentalmente de política britânica e, mais uma vez, da Questão Irlandesa, embora em 24 de junho de 1887 ele tenha escrito um artigo sobre a primeira visita da rainha Vitória ao *East End* londrino, um dos bairros mais pobres da cidade. Também escreveu quatro artigos (12, 14, 22 e 25 de julho de 1887) descrevendo as celebrações do Jubileu da Rainha, "a grande comemoração nacional", que ocorriam, porém, como não resistiu em assinalar, à sombra da recalcitrante Questão Irlandesa.

Mudanças políticas importantes tinham acontecido desde a última visita de Nabuco a Londres. Em junho de 1885, Gladstone pedira demissão, em parte por conta da má condução da questão do Sudão e da morte de Gordon em Cartum. Um governo da minoria Conservadora, liderado por um relutante lorde Salisbury, assumiu o gabinete. Já pelo novo sufrágio determinado pela *Representation of the People Act* de 1884, os Liberais venceram a eleição geral de novembro de 1885, conquistando 335 assentos contra 249 dos Conservadores. Devido às vitórias obtidas pelos nacionalistas irlandeses, porém – com exceção do *Trinity College Dublin*, o IPP conquistou todos os assentos fora da região nordeste, onde havia grande maioria protestante e conservadora –, os Liberais não conseguiram assegurar uma maioria geral: 86 parlamentares do IPP (incluindo um eleito em Liverpool), liderados por Parnell, mantiveram o equilíbrio de poder na nova Câmara dos Comuns.

O IPP votou com os Liberais para derrubar o governo Conservador. Gladstone tornou-se novamente primeiro-ministro em fevereiro de 1886, e apresentou imediatamente o projeto de lei favorável ao *Home Rule* para a Irlanda. Como era natural, o projeto gerou violenta oposição dos Conservadores, mas dividiu também os Liberais. Tanto os *whigs* liderados por lorde Hartington quanto alguns radicais leais a Chamberlain, também preocupados com o que era considerado o anti-imperalismo de Gladstone, declararam guerra ao projeto de lei da *Home Rule*, que foi por fim derrotado na Câmara dos Comuns em junho. No Parlamento, 311 deputados votaram a favor e 340 contra, entre estes 94 Liberais Unionistas, contrários à *Home Rule* para a Irlanda e favoráveis à manutenção do Reino Unido da Grã-Bretanha e Irlanda. O projeto de lei jamais chegou à Câmara dos Lordes. Os Conservadores seguiram rumo à vitória na eleição geral de junho de 1886, onde garantiram 316 assentos, enquanto os Liberais ganharam 191, os Liberais Unionistas opositores do *Home Rule* 78, e o IPP 85. Apoiados pelos Liberais Unionistas, os Conservadores formaram um governo liderado por lorde Salisbury, com lorde Randolph Churchill como *Chancellor of the Exchequer* (ministro das Finanças) e líder na Câmara dos Comuns. Gladstone era novamente o líder da oposição; Parnell e o IPP estavam firmemente comprometidos com uma aliança com os Liberais em defesa do *Home Rule*.

No Rio de Janeiro, Nabuco ficara a par dos desdobramentos políticos na Grã-Bretanha, em especial dos conflitos intrapartidários relacionados à Irlanda. Em janeiro de 1887, antes de viajar para Londres, escreveu quatro artigos detalhados e extraordinariamente bem-informados para *O Paiz* (3, 7, 11 e 24 de janeiro) sobre a súbita e surpreendente demissão de lorde Randolph Churchill – ocorrida em 20 de dezembro de 1886, após apenas seis meses no cargo (embora sem conexão com a Questão Irlandesa) – e sua substituição como ministro das Finanças por

George Goschen, proeminente Liberal que, por discordar de Gladstone com relação ao *Home Rule*, passou diretamente para o lado dos Conservadores.[16]

Quando Nabuco se estabeleceu como correspondente londrino de *O Paiz*, a Irlanda era novamente o tema dominante de seus artigos. Em março, diante de um reflorescimento da Guerra das Terras, Salisbury nomeara secretário de Estado para a Irlanda o próprio sobrinho, Arthur Balfour, um linha-dura em relação à Questão Irlandesa, e logo após a chegada de Nabuco o Parlamento havia aprovado um *Perpetual Crimes Act* (Lei Perpétua de Crimes), que garantia às autoridades irlandesas amplos poderes para reprimir a desordem e a resistência aos despejos, incluindo o direito de declarar certas áreas "infiéis", ou seja, de praticamente declarar lei marcial. Nabuco considerava Gladstone "um grande estadista", e simpatizou de forma clara com sua oposição a essa mais recente tentativa de usar a força para solucionar a Questão Irlandesa. Não duvidava de que, para manter a União, era preciso conciliação política e um certo grau de autonomia para os irlandeses, mas também reconhecia que Gladstone havia se tornado "o homem mais odiado na Inglaterra" (*O Paiz*, 20 de junho de 1887). Ao mesmo tempo, descrevia o político britânico como "a mais nobre figura da história deste século" (*O Paiz*, 11 de agosto de 1887).

Nabuco retornou ao Recife em agosto de 1887, e em setembro foi eleito mais uma vez para a Câmara dos Deputados. Em novembro, voltou à Europa com o objetivo principal de encontrar o papa

---

16 ❁ Após a renúncia, a carreira de lorde Randolph Churchill entrou em declínio e ele passou a sofrer de uma série de mazelas físicas e mentais, vindo a falecer em 1894, aos 45 anos.

Leão XIII em Roma e discutir a questão da escravidão no Brasil. De Londres, escreveu vários artigos para *O Paiz* em fins de dezembro, incluindo três em 31 de dezembro, refletindo sobre o ano de 1887 no Brasil, na Europa e na Inglaterra (26, 27 e 30 de janeiro de 1888). "A Inglaterra", escreveu, "foi toda ocupada politicamente pela Questão Irlandesa, que não fez nenhum progresso." Nos últimos meses de 1887, houve alguns incidentes violentos, como por exemplo o Massacre de Mitchelstown, em 9 de setembro, no condado de Cork, no qual a polícia abriu fogo contra uma multidão desarmada que protestava (ilegalmente) contra o julgamento de um parlamentar do IPP por conta de seu papel na organização de uma "greve de aluguel" que causara a morte de três manifestantes mortos, ou o Domingo Sangrento de 13 de novembro; ou outro em Londres, quando um comício (ilegal) em *Trafalgar Square* para protestar contra a coerção na Questão Irlandesa (com George Bernard Shaw entre os oradores) terminou em confrontos entre manifestantes e a polícia, deixando dois mortos. Antes de partir para Roma, Nabuco escreveu também um texto sobre o centenário do *Times*, grande jornal independente que havia apoiado a abolição da escravatura no Brasil, mas que, apesar disso, ele considerava "o inimigo acérrimo dos grandes reformados [...] o principal adversário da autonomia irlandesa, e o mais constante [...] dos inimigos de Mr. Gladstone" (13 de fevereiro de 1888).

Em Roma, Nabuco escreveu vários artigos sobre a questão do papa e a abolição da escravatura no Brasil, um sobre a imigração italiana (17 de fevereiro de 1888) e uma série de quatro sobre "As três grandes impressões de Roma" (10, 11, 14 e 16 de março de 1888). De Londres, antes de voltar ao Brasil em março, enviou um artigo sobre a morte do *kaiser* Guilherme I (30 de março de

1888). Guilherme I foi sucedido pelo filho, Frederico III, que governou por apenas cem dias e foi por sua vez sucedido pelo filho, Guilherme II. Um os primeiros atos de Guilherme II foi demitir Bismarck após quase três décadas contínuas no poder.

JORNAL DO BRASIL, 1891

Em novembro de 1889, apenas 18 meses depois de seu triunfo político com a abolição definitiva da escravatura no Brasil, a queda do Império trouxe um desfecho abrupto para a carreira política de Joaquim Nabuco, dedicado monarquista. Precisava ganhar a vida novamente como advogado e jornalista. De volta a Londres em setembro de 1890, ali permaneceu até julho de 1891. Sem Penedo, porém, que havia se transferido para Paris, as consultorias do passado eram mais escassas. Como jornalista, não podia mais trabalhar com *O Paiz*: em junho de 1888, logo após a abolição, causa com a qual ambos estavam comprometidos, Nabuco alertara Quintino Bocaiuva de que não poderia apoiar a posição do jornal em relação à República, e, embora tenha continuado a assinar artigos até o final de dezembro, a ruptura definitiva ocorreu em janeiro de 1889.[17]

Seu amigo, o barão do Rio Branco, cônsul-geral em Liverpool, tentou conseguir-lhe trabalho outra vez no *Jornal do Commercio*, mas Picot se recusou a aceitá-lo. De toda forma, em outubro de 1890, a publicação passou a ter um novo proprietário, José

---

17 ❁ Nabuco para Bocaiuva, 22 de junho de 1888, em *Cartas a amigos*, Vol. I págs. 172-3; Joaquim Nabuco, *Diários*, 2 vols., Vol. I, *1873-1888*, Vol. II, *1889-1910*, Rio de Janeiro: Bem-Te-Vi Produções Literárias/Recife: Editora Massangana, 2005, prefácio e notas Evaldo Cabral de Mello, Vol. II, pág. 22.

Carlos Rodrigues, que retornara ao Brasil com a proclamação da República, após mais de vinte anos na Europa e em Nova York, onde foi correspondente do jornal por alguns anos antes de fundar e editar a publicação mensal *Novo Mundo*, de 1870 a 1879. Rodrigues seguiria como proprietário e editor do *Jornal do Commercio* até 1915.

Em dezembro de 1890, entretanto, Rodolfo de Sousa Dantas, filho do senador Manuel Pinto de Sousa Dantas e amigo de Nabuco, convidou-o para escrever para um novo jornal monarquista que pretendia fundar em companhia de Artur, filho de Penedo, e outro amigo de Nabuco, Francisco Gusmão Lobo, pernambucano, abolicionista e um dos editores do *Jornal do Commercio* até 1890. O *Jornal do Brasil* reuniria alguns dos melhores escritores do Brasil e ofereceria uma crítica construtiva da nova República: "Vamos distribuir prospectos do jornal nos quais seu nome virá em grandes letras", escreveu Dantas para Nabuco em Londres, "e será anunciado que o primeiro número da folha dará uma carta sua".[18]

Nabuco não se tornou correspondente londrino do *Jornal do Brasil;* já não tinha gosto por isso. De qualquer modo, argumentava, "a política inglesa perdeu o interesse que tinha para o parlamentarismo monárquico que a imitava e seguia, e quanto às singularidades inglesas sempre tão curiosas para o estrangeiro inteligente quase não se pode escrever nada daqui verdadeiramente ao alcance da nossa massa de leitores". Ele concordou em escrever uma coluna pessoal quando lhe apetecesse e sobre tema

18 ❁ Citado em Carolina Nabuco, *Vida de Joaquim Nabuco por sua filha*, São Paulo, Companhia Editora Nacional, 1928, pág. 291.

de sua escolha, "regularmente e *con amore*", como escreveu a Rodolfo Dantas, "porque, além da consciência com que servi ao Jornal e ao *Paiz*, tenho neste caso mais a afeição que nos liga e que me liga também a seu ilustre pai, e a redação que você me cita".[19]

De Londres, Nabuco escreveu oito artigos para o *Jornal do Brasil*, entre março e junho de 1891. O governo Conservador, apoiado pelos Liberais Unionistas, continuava no poder.[20] Em novembro de 1890, um julgamento de divórcio que se tornou o centro das atenções revelou que Parnell era amante de longa data da esposa de outro parlamentar do IPP, William O'Shea, e pai de três filhos ilegítimos. Gladstone afirmou que a permanência de Parnell na liderança do IPP era uma ameaça à aliança com os Liberais e, consequentemente, à causa do governo autônomo para a Irlanda. Quando Parnell se recusou a sair, o IPP cindiu-se, e a maioria formou a *Irish National Federation* (Federação Nacional Irlandesa), contra Parnell.[21] Apesar disso, nem a política britânica nem a Irlanda receberam muita atenção nos artigos de Nabuco, dos quais quatro misturavam reflexões sobre uma variedade

---

19 ❁ Nabuco para Dantas, 8 de janeiro de 1891: *Cartas a amigos*, Vol. I, págs. 194-5.

20 ❁ A aliança entre Liberais Unionistas e Conservadores dominou a política britânica nos vinte anos seguintes, embora só em 1912 tenha se tornado um único partido Conservador e Unionista (como o Partido Conservador é oficialmente conhecido hoje).

21 ❁ Parnell se casou com Katherine O'Shea em junho de 1891. Em outubro, morreu de ataque cardíaco. Na eleição de 1892, o IPP reagrupado conquistou 81 assentos, ocupados em sua maioria por seus opositores.

de tópicos, incluindo política europeia, militarismo na Europa – com Guilherme II adotando uma política externa mais belicosa para a Alemanha –, socialismo e classe trabalhadora, seguridade social e imigração. Dois artigos examinavam as mudanças na política internacional, incluindo o aumento de importância dos Estados Unidos no mundo anglo-saxônico e da Austrália e do Canadá no Império Britânico. E dois focalizavam a "crise" da América do Sul, especialmente Brasil, Chile e Argentina.

Nabuco tinha uma visão extremamente negativa tanto da nova República brasileira (nas mãos de militares) quanto das repúblicas hispano-americanas. A unidade política e a estabilidade alcançadas na Argentina desde 1880 foram desafiadas pela revolução de julho de 1890 contra o presidente Juarez Celman, com insurreições militares e levantes nas províncias, e um período de crescimento econômico dinâmico cessou com a crise Baring, em novembro de 1890. Para Nabuco, a república parlamentarista do Chile juntamente com o Império no Brasil eram exceções à situação de anarquia, guerra civil e caudilhismo que ele via como características das Américas do Sul e Central. No entanto, não só o Império brasileiro havia caído. A resistência do Congresso chileno à "ditadura" do presidente José Manuel Balmaceda conduzira a uma guerra civil em janeiro de 1891, que terminaria com o suicídio de Balmaceda. Rodolfo Dantas descreveu os artigos de Nabuco para o *Jornal do Brasil* como "esplêndidos". Aquele que acabou sendo o último, sobre "A guerra chilena e o militarismo no Brasil" (26 de junho de 1891), produziu, segundo ele, "grande e geral impressão [...] Nosso jornal vai com escandalosa felicidade."[22]

22 Citado em Carolina Nabuco, *op. cit.*, pág. 291.

Nabuco voltou ao Brasil no começo de julho de 1891. No mês seguinte, visitou a Argentina e enviou de Buenos Aires mais quatro artigos para o *Jornal do Brasil* sobre as crises financeira, social e política na Argentina, no Chile e no Brasil.

Logo após o golpe de Floriano Peixoto no Brasil, em 23 de novembro de 1891, e a invasão da sede do *Jornal do Brasil* pelos florianistas em 16 de dezembro aos gritos de "mata Nabuco" devido à sua oposição pessoal e do jornal ao golpe, Nabuco e a família, juntamente com a família de Dantas, que fechou o jornal, partiram outra vez para a Europa. O *Jornal do Brasil* só tornaria a sair em maio de 1893, quando Rui Barbosa assumiu o cargo de editor. Em setembro, contudo, a publicação foi novamente fechada, e Barbosa forçado a se exilar em Londres. O jornal reabriu em novembro de 1894 com a eleição do primeiro presidente civil brasileiro, Prudente de Moraes.

Nabuco passou sete meses na Europa, em Lisboa, Paris e Londres, mas sem trabalhar como jornalista. Deixou Londres em agosto de 1892, quando, após vencer a eleição de julho de 1892 – mesmo que sem a maioria absoluta –, William Ewart Gladstone, o homem que mais admirava na política britânica, mesmo com a mácula dos episódios do Egito e do Sudão, iniciava um quarto mandato como primeiro-ministro, aos 82 anos de idade.

Gladstone apresentou imediatamente um segundo projeto de lei em prol do *Home Rule* para a Irlanda, que foi aprovado pela Câmara dos Comuns. Em fevereiro de 1893, porém, foi rejeitado pela Câmara dos Lordes e, em março de 1894, Gladstone se demitiu, vindo a falecer quatro anos depois. Em 1895, os Liberais sofreram uma pesada derrota eleitoral, e outro governo Conservador/Liberal Unionista foi formado sob o comando de lorde Salisbury. Joseph Chamberlain, eleito líder dos Liberais Unionistas em dezembro de 1891, quando lorde Hartington se tornara o 8º duque de Devonshire e ingressara na Câmara dos Lordes, foi nomeado secretário de Estado para as Colônias. A concessão do *Home Rule* à Irlanda, que fora o principal tópico da política britânica durante os diversos períodos de Nabuco como jornalista em Londres, saiu da agenda política, permanecendo fora dela pelos vinte anos seguintes.[23]

Nunca mais Nabuco tornaria a exercer a função de correspondente estrangeiro para jornal algum, fosse em Londres ou em qualquer outro lugar, embora durante os sete anos em que residiu no Rio de Janeiro, entre 1892 e 1899, seu mais longo período no Brasil desde 1873, tenha colaborado regularmente com a imprensa. Seus livros *Balmaceda* (1895) e *A intervenção estrangeira durante a revolta de 1893* (1896), por exemplo, tiveram por base artigos escritos para o *Jornal do Commercio*. A maioria dos capítulos de *Minha formação* (1900) veio de artigos escritos originalmente para *O Commercio de São Paulo*. Ao retornar a Londres, em 1899, seria como diplomata, não como jornalista.

---

23 ❁ Um terceiro projeto de lei referente ao Home Rule para a Irlanda foi aprovado em 1914, mas imediatamente suspenso por conta da Guerra. Um quarto projeto de lei sobre o tema foi aprovado em 1920. No entanto, na esteira do Levante da Páscoa em 1916 e da Guerra de Independência Irlandesa (1919-21), o Tratado Anglo-Irlandês de 1921 pôs fim ao domínio britânico na maior parte da Irlanda. Em 1922, 26 dos 32 condados formaram um Estado Livre Irlandês, de orientação católica, que viria se tornar a República da Irlanda. A Irlanda do Norte, que compreendia os seis maiores condados protestantes do Ulster, permaneceu parte do Reino Unido da Grã-Bretanha e da Irlanda.

Ao longo de dez anos (1881-91), em quatro períodos distintos passados em Londres, nas mais do que 250 correspondências para o *Jornal do Commercio*, *O Paiz* e o *Jornal do Brasil* do Rio de Janeiro e o *La Razón* de Montevidéu, Joaquim Nabuco demonstrou um conhecimento extraordinário do sistema político britânico e dos temas fundamentais da política britânica durante a década de 1880. Alguns exemplos dos temas que dominava são a reforma eleitoral e a expansão do direito ao voto, a Questão Irlandesa (ele tinha profunda simpatia à concessão do *Home Rule* à Irlanda) e o Egito (em que criticava com veemência a intervenção britânica). Ao mesmo tempo, Nabuco escreveu de forma extensa sobre a política na Terceira República Francesa e nos Impérios alemão, russo e austro-húngaro, e também sobre as relações entre as grandes potências, sobretudo no tocante à *Questão Oriental*.

No último quarto do século XIX, nenhum jornalista brasileiro ou estrangeiro – exceto, talvez, o escritor português José Maria Eça de Queirós, que escreveu para o jornal carioca *Gazeta de Notícias* entre as décadas de 1880 e 1890[24] – ofereceu aos leitores

---

24 Eça de Queirós, nascido em 1845, serviu como cônsul na Inglaterra durante 14 anos, primeiro em Newcastle (1874-9) e depois em Bristol (1879-88). Tornou-se correspondente do jornal carioca *Gazeta de Notícias* em junho de 1880 e, como Nabuco, escrevia sobre política britânica, sobretudo a Questão Irlandesa e a política externa do país, em especial no Egito, Sudão e Sul da África. Eça era um crítico severo do imperialismo britânico. Seus seis artigos sobre o Egito (27, 28 e 29 de setembro; 13, 17 e 24 de outubro de 1882) fo-

brasileiros tanta informação e análise bem fundamentada sobre as relações comerciais e financeiras entre o Brasil e os britânicos e europeus, sobre a vida social, cultural e intelectual na Grã-Bretanha e na Europa, sobre a política europeia e, acima de tudo, sobre a política na Grã-Bretanha e no Império Britânico.

❁ ❁ ❁

ram posteriormente publicados em *Cartas de Inglaterra* (1905) e descritos por sua mais recente biógrafa, Maria Filomena Mónica (*Eça de Queirós*, Lisboa, Quetzal Editores, 2001), como suas obras-primas. Ver também Patrícia Ayres Pereira, "O olhar queirosiano entre centro e periferia: 'Os Ingleses no Egito', Eça de Queirós" (*Gazeta de Notícias* – 1882), tese de mestrado, Universidade Estadual de Maringá, 2009. Eça continuou escrevendo de Bristol para a *Gazeta de Notícias* até partir, em 1888, para se tornar cônsul-geral de Portugal em Paris, de onde escreveu até setembro de 1897, poucos anos antes de sua morte, em 1900.

CAPÍTULO IV
*O Brasil entre a Europa, a América Latina e os Estados Unidos, no pensamento de Joaquim Nabuco**

O IMPÉRIO

Quando refletia sobre as relações do Império brasileiro com o resto do mundo, o jovem Joaquim Nabuco pensava sobretudo na Europa, a exemplo da maioria dos brasileiros ilustrados de sua geração e formação: a dependência comercial e financeira do Brasil em relação à Grã-Bretanha; os laços históricos, linguísticos e culturais do Brasil com Portugal; a influência da França na arte e arquitetura brasileiras desde a chegada da Missão Artística Francesa, em 1816; a influência da França e Grã-Bretanha na literatura e vida intelectual brasileira.

Em meados do século XIX, a Grã-Bretanha era o principal parceiro comercial do Brasil, enquanto a França ocupava o segundo lugar, e Portugal o terceiro. E Londres era sua principal, na verdade quase a única, fonte de empréstimos e investimento estrangeiro direto (ver Capítulo 3). Por seu papel decisivo na transferência da Corte portuguesa de Lisboa para o Rio de Janeiro, em 1807-8, e por

*Este capítulo reúne extratos de meus artigos "O Brasil entre a Europa, os Estados Unidos e a América Latina no pensamento de Joaquim Nabuco", *in Novos Estudos CEBRAP*, nº 88, novembro, 2010, e "As visões de Joaquim Nabuco sobre o Brasil nas Américas", *in Revista Brasileira* (Academia Brasileira de Letras), Ano XVII, nº 66, janeiro/março, 2011.

ter dado apoio decisivo ao processo de reconhecimento português e internacional do Brasil após sua declaração de independência, em 1822, a Grã-Bretanha tinha também uma relação política particularmente estreita com o Brasil. Havia, contudo, poucos exemplos de intervenção britânica direta nos assuntos internos do Brasil, com uma exceção notável: a ação incisiva da Grã-Bretanha em pressionar o Brasil para pôr fim ao tráfico transatlântico de escravos.[1] No texto "A escravidão", escrito quando era aluno da Faculdade de Direito do Recife, em 1870, Nabuco defendeu a participação britânica na abolição do tráfico de escravos no Brasil. Dez anos mais tarde, quando se comprometeu com a campanha parlamentar em prol da abolição da escravatura no Brasil, buscou apoio internacional em Portugal, na Espanha e na França, mas sobretudo na Grã-Bretanha, mais especificamente na *British and Foreign Anti-Slavery Society* e no jornal londrino *The Times* (ver Capítulo 2).

Nos primeiros três capítulos de *Minha formação*, Nabuco descreve sua iniciação literária e intelectual entre as idades de 15 e 24 anos. Fica evidente que era um leitor voraz desde o princípio da adolescência, tanto em português quanto em inglês, alemão e sobretudo em francês. Foi influenciado em especial pelos franceses François-René Chateaubriand, escritor, pelo historiador e crítico Hippolyte Taine e pelo filósofo e historiador Ernest Renan, mas também pelo historiador inglês Thomas Babington Macaulay,

---

1 ❁ Ver Leslie Bethell, *The Abolition of the Brazilian Slave Trade: Britain, Brazil and the Slave Trade Question 1807-1869*, Cambridge, Cambridge University Press, 1970. Traduções em português: São Paulo, Editora Expressão e Cultura/Edusp, 1976; Brasília, Editora do Senado Federal, 2002.

pelos historiadores alemães Theodor Mommsen, Leopold von Ranke e Ernst Curtius, e pelo historiador da arte e da cultura suíço Jacob Burkhardt. Renan, que Nabuco conheceu em sua primeira visita à Europa, em 1873-4, foi "a grande influência literária que experimentei na vida, a embriaguez de espírito mais perfeita que se podia dar [...] o meu *coup de foudre* intelectual".[2]

O republicanismo dos tempos de estudante, associado às ideias liberais da Revolução Francesa, perdurou por algum tempo no seu pensamento político. Continuou a ler autores republicanos, como por exemplo o jurista, poeta e abolicionista francês Eduard de Laboulaye, grande admirador da constituição norte-americana. Sua grande influência, entretanto, foi *The English Constitution* (A constituição inglesa, 1867), de Walter Bagehot. "Devo a esse pequeno volume, que hoje não será talvez lido por ninguém em nosso país, a minha fixação monárquica inalterável", escreveu Nabuco em *Minha formação*. "Tirei dele, transformando-a a meu modo, a ferramenta toda com que trabalhei em política, excluindo somente a obra da abolição, cujo estoque de ideais teve para mim outra procedência." Bagehot o convenceu de que um sistema parlamentar, sobretudo o governo de gabinete inglês, era superior a um sistema presidencial, e "uma Monarquia secular, de origens feudais, cercada de tradições e formas aristocráticas, como é a inglesa, podia ser um governo mais direto e imediatamente do povo do que a República".[3] Ao

---

2 ❁ Joaquim Nabuco, *Minha formação* [1900], Rio de Janeiro, Topbooks, 1999, pág. 26.

3 ❁ *Minha formação*, *op. cit.*, págs. 28 a 37. Um capítulo inteiro do livro é dedicado a Bagehot.

iniciar carreira política em Pernambuco, concorrendo e ganhando a eleição para a Câmara dos Deputados pelo Partido Liberal, após servir por seis meses como adido da delegação brasileira em Londres, em 1877-8, ele assumiu seu assento em janeiro de 1879, aos 29 anos de idade, "inteiramente sob a influência do liberalismo inglês, como se militasse às ordens de Gladstone". Era, segundo escreveu, "um liberal inglês – com afinidades radicais, mas com aderências *whigs* – no parlamento brasileiro".[4]

Ao relembrar sua vida, vinte anos mais tarde, Nabuco reconheceu que a influência inglesa tinha sido "a mais forte e mais duradoura que recebi". A admiração que sempre tivera pela Inglaterra e por tudo que estivesse a ela relacionado é expressada de forma clara nos capítulos "A influência inglesa" e "O espírito inglês" de *Minha formação*. Não apenas a Monarquia Constitucional britânica e o sistema britânico de governo parlamentar representavam a melhor forma de governo, mas "só há, inabalável e permanente, um *grande* país livre no mundo": a Inglaterra – a Suíça era livre, mas era pequena. Na Inglaterra, escreveu ele, havia "o sentimento de igualdade de direitos, ou de pessoa, na mais extrema desigualdade de fortuna e condição".[5]

Até os 40 anos, durante as últimas décadas do Império, Nabuco dedicava pouca atenção às relações do Brasil com a América espanhola e com os Estados Unidos.

4 *Idem*, pág. 158.

5 *Idem*, págs. 84, 99 e 100.

A América Espanhola ❁ Durante o Império, as relações bilaterais entre o Brasil e as repúblicas hispano-americanas eram muito limitadas, com uma óbvia exceção: o rio da Prata, onde o Brasil travou três guerras: 1825-8, 1851-2, e 1864-70, esta última a Guerra do Paraguai, encerrada no mesmo ano em que Nabuco se formou na Faculdade de Direito do Recife. Com o restante da América do Sul, as relações eram praticamente inexistentes, tirando missões diplomáticas ocasionais para confirmar fronteiras reconhecidas por Espanha e Portugal segundo o Tratado de Madri (1750), ou esforços diplomáticos para garantir que nenhuma aliança hostil de repúblicas hispano-americanas se formasse contra o Brasil enquanto o país estivesse em guerra no Prata.

O Brasil não participou das várias conferências do continente americano – Panamá (1826), Lima (1847-8), Santiago do Chile (1856), Lima (1864-5), e Caracas (1883) – destinadas a constituir uma união interamericana para se defender da expansão territorial norte-americana e do intervencionismo da França e da Espanha. As repúblicas hispano-americanas continuavam a nutrir desconfiança pelo Brasil, seu gigantesco vizinho de língua portuguesa que ocupava metade da América do Sul. Nas poucas ocasiões em que um deles cogitava convidar o Brasil para participar de suas "conferências americanas", os convites eram extraoficiais, mornos e ambivalentes, e nenhum deles foi aceito. Os governos brasileiros do Império não se identificavam com a América Espanhola ou, como era cada vez mais chamada, América Latina.[6] Com sua imensa costa atlântica, o Brasil per-

6 ❁ Sobre o conceito de "América Latina", a política externa brasileira e as

manecia solidamente ligado ao mundo atlântico: seus principais vínculos econômicos e políticos eram com a Grã-Bretanha, e seus vínculos culturais com a França e, em menor grau, com Portugal. Além disso, ao contrário de muitas das repúblicas hispano-americanas, o Brasil não se sentia ameaçado pelos EUA, e menos ainda pela França ou Espanha.

Embora consciente de que o Brasil compartilhava com a América espanhola uma origem ibérica e católica comum, Joaquim Nabuco, assim como a maioria dos políticos, diplomatas, intelectuais e escritores brasileiros oitocentistas, tinha também consciência do que os distinguia: a geografia, a história, uma economia e uma sociedade baseadas na agricultura extensiva e na escravidão negra, acima de tudo a língua e a cultura, mas também as instituições políticas. O Império brasileiro era politicamente estável, ainda que essa estabilidade tenha sido testada na década de 1830, e, apesar da vigência da escravidão, era "civilizado", em contraste com as repúblicas hispano-americanas que os brasileiros consideravam "bárbaras", por sua violência e instabilidade. Em uma rara referência à América espanhola em seu diário, em julho de 1877, Nabuco comenta que "o México pertence aos Estados Unidos", e descreve o resto da América espanhola como "um mosaico [...] de fraude, de anarquia, de

ideias no Brasil em relação à América Espanhola durante os séculos XIX e XX, ver Leslie Bethell, "O Brasil e a ideia de América Latina em perspectiva histórica", *Estudos Históricos*, CPDOC/FGV, nº 44 (2009), págs. 289-321 e "Brazil and Latin America", *Journal of Latin American Studies*, nº 42/3, ago. 2010, págs. 457-85.

militarismo e de revolução".[7] Em *Minha formação*, a América espanhola é em grande parte ignorada.

Nabuco mantinha poucos contatos intelectuais na América espanhola, que visitou pela primeira vez em 1889: passou dois meses conhecendo Montevidéu, Buenos Aires, Corrientes, Santa Fé e Asunción, durante a lua de mel, e depois três semanas em Montevidéu, Buenos Aires e Mendoza, imediatamente antes e imediatamente após a queda do Império. Com exceção de duas semanas em Buenos Aires em agosto de 1891, como jornalista, e de uma semana em Havana em janeiro de 1909 para representar o Brasil na posse do presidente Gerardo Machado, essas foram suas únicas visitas à América espanhola.

Os Estados Unidos ❁ As relações políticas do Brasil com os Estados Unidos eram amigáveis, ainda que distantes. Durante a primeira parte do século XIX, políticos norte-americanos, entre os quais se destacaram o presidente Thomas Jefferson e o senador Henry Clay, haviam elaborado a ideia de um "hemisfério ocidental", independente da Europa e, acima de tudo, republicano. Embora o Brasil ainda não fosse independente e só viesse a se tornar uma República em 1889, Jefferson incluía o país como elemento-chave de seu "sistema americano". Apesar de terem simpatizado com tentativas de criar uma República em Pernambuco em 1817, e outra vez em 1824, os EUA tinham sido a primeira República americana a reconhecer o Império brasileiro

---

7 ❁ Joaquim Nabuco, *Diários*, 2 vols., Vol. I: *1873-1888*; Vol. II: *1889-1910*, Rio de Janeiro: Bem-Te-Vi Produções Literárias /Recife: Editora Massangana,

independente, em junho de 1824. John Quincy Adams, secretário de Estado no governo de James Monroe e mais tarde seu sucessor na presidência, embora contrário à intervenção europeia nas Américas e inteiramente favorável à Doutrina Monroe (dezembro de 1823), não tinha o menor interesse em um "sistema americano" que incluísse ex-colônias espanholas e portuguesas. "Quanto a um sistema americano", tinha escrito no seu diário em setembro de 1820, "nós o temos; nós constituímos a sua totalidade. Não há nenhum interesse nem princípio comum entre América do Norte e América do Sul." Ele tinha "poucas expectativas de qualquer resultado benéfico para este país [os EUA] de qualquer futura conexão com eles [os países de língua espanhola e portuguesa recém-independentes], seja ela política ou comercial".[8] Nos sessenta anos seguintes, nenhum presidente norte-americano demonstrou grande interesse na ideia de hemisfério ocidental, nem, aliás, em qualquer parte do hemisfério ao Sul do Panamá, com exceção do rio Amazonas.

No início dos anos 1850, os Estados Unidos, junto com a Grã-Bretanha e a França, haviam tentado convencer o Brasil a liberar o rio Amazonas para a livre navegação. Durante mais de uma década, o Brasil resistiu com firmeza à pressão internacional para abrir o Amazonas ao comércio estrangeiro, posição nada fácil de

---

2005, prefácio e notas Evaldo Cabral de Mello, Vol. I, pág. 183: 7 de julho de 1877.

8 ❁ Citado em Lars Schoultz, *Beneath the United States: A History of US Policy Toward Latin America*, Cambridge, MA, Harvard University Press, 1998, págs. 10-11.

ser defendida, considerando-se a simultânea insistência brasileira em navegar livremente pelo rio da Prata. O Amazonas e seus afluentes foram enfim abertos à navegação comercial estrangeira em 1867, "em nome da ciência, do progresso e da civilização". A manutenção de boas relações com os outros Estados da América do Sul com interesses no Amazonas era importante para o Brasil durante a Guerra do Paraguai, e um novo produto, a borracha, precisava ser transportado do Alto Amazonas até Belém, passando por Manaus, e de lá para mercados do mundo inteiro.

Os Estados Unidos importavam de 30 a 40% das exportações brasileiras nos anos 1870 e 1880, e eram o maior mercado para o principal produto de exportação brasileiro, o café. Quando o Congresso norte-americano removeu o imposto sobre o café, em 1872, os EUA passaram a importar dois terços do café exportado pelo Brasil. No entanto, o país respondia por apenas 5% das importações brasileiras, e havia pouco investimento norte-americano direto no Brasil. Como não existia uma linha direta de vapores de passageiros entre os dois países, o número de norte-americanos que viajava para o Brasil era bastante baixo, e menos brasileiros ainda visitavam os Estados Unidos. O mais famoso visitante brasileiro ao país foi o imperador dom Pedro II que, juntamente com o presidente Ulysses S. Grant, inaugurou a Exposição Internacional em comemoração ao centenário da independência norte-americana em Filadélfia, em 1876, e em seguida passou quatro meses viajando pelo país.

Em 1876-7, Nabuco passou um ano nos Estados Unidos como adido da legação em Washington. Ao contrário do imperador, porém, demonstrou pouco interesse pelo país (ver Capítulo 1). Segundo escreveu em *Minha formação*, a exposição àquela "república vulgar, violenta" serviu apenas para aprofundar sua admiração pelas instituições britânicas. Apesar de reconhecer a contribuição que os EUA estavam fazendo para a "civilização material", "na ordem intelectual e moral [...] os Estados Unidos não têm o que mostrar". "É possível que a civilização americana venha um dia a ser mais grandiosa do que qualquer que o mundo conheceu", escreveu ele, "mas eu consideraria perigoso, por enquanto, renunciar a Europa nos Estados Unidos a tarefa de levar a cabo a obra da humanidade [...] A sua missão na história é ainda a mais absoluta incógnita. Se ele desaparecesse de repente, não se pode dizer o que é que a humanidade perderia de essencial, que raio se apagaria do espírito humano: não é ainda como se tivesse desaparecido a França, a Alemanha, a Inglaterra, a Itália, a Espanha."[9]

Durante a década de 1880, políticos norte-americanos voltaram à ideia de que o hemisfério ocidental (as Américas) e a Europa, o Novo e o Velho Mundo, eram distintos, e de que havia uma relação especial entre os povos e governos das Américas, uma geografia e uma história americanas compartilhadas, e ideias americanas igualmente compartilhadas de republicanismo, liberdade e democracia (*sic*). No início de 1881, o secretário de Estado norte-americano James G. Blaine havia proposto uma conferência de estados americanos a ser realizada em Washington no ano seguinte. No entanto, embora vários Estados tenham aceitado o convite para comparecer, entre eles o Brasil, o evento foi cancelado devido ao assassinato do presidente norte-ameri-

9 *Minha formação*, *op. cit.*, págs. 127, 141-2.

cano James A. Garner. Após incansável *lobby* de Blaine, o Congresso aprovou em maio de 1888 uma resolução que autorizava o presidente Grover Cleveland a organizar uma conferência das "nações da América" em Washington, em 1889. A conferência foi uma primeira tentativa de institucionalizar o que já havia começado a ser conhecido como pan-americanismo. O objetivo era promover o comércio e o investimento norte-americanos na região em um momento em que a economia dos EUA iniciava um período de rápido crescimento econômico, para incentivar a resolução pacífica de disputas, criar estruturas políticas mais organizadas e previsíveis nos países mais ao Sul, e garantir, de forma pacífica, a liderança norte-americana em todo o hemisfério ocidental, ao mesmo tempo em que se continha qualquer ambição europeia na região. O Império do Brasil, que não havia participado de nenhuma das "conferências americanas" ocorridas no século XIX – e que na verdade sequer fora convidado oficialmente –, aceitou, junto com as 17 repúblicas hispano-americanas, o convite dos EUA para comparecer a uma Conferência Internacional de Estados Americanos em Washington, em outubro de 1889.

Alguns meses antes da primeira Conferência Pan-Americana, a *Exposition Universelle*, ocorrida em Paris no centenário da Revolução Francesa, chamada com frequência de "apoteose da modernidade", havia proporcionado ao governo brasileiro uma oportunidade de mostrar à França e ao resto do mundo o quanto o país progredira desde a última exposição internacional na capital francesa, em 1867, e as subsequentes exposições de Viena, em 1873, e Filadélfia, em 1876. "*Le grand empire de l'Amérique du Sud*" se apresentava e era tratado como uma nação importante, "civilizada" e "progressista", a ser comparada com os EUA. O principal objetivo do pavilhão brasileiro e do livro de 700 páginas *Le Brésil en 1889*, encomendado pelo *Comité Franco-Brésilien*, era mostrar ao mundo que "*pour être Américains du Sud, nous n'en sommes pas moins Américains*".

A REPÚBLICA

A cerimônia de abertura da primeira Conferência Internacional de Estados Americanos em Washington ocorreu em 2 de outubro de 1889, mas no dia seguinte os delegados, com exceção dos argentinos, partiram em uma "excursão" de seis semanas e quase dez mil quilômetros de trem pelo Nordeste e Meio-Oeste dos EUA. A Conferência tornou a se reunir para iniciar seus trabalhos em 18 de novembro. Três dias antes, o Brasil havia se proclamado uma República. O marechal Deodoro da Fonseca, chefe do governo provisório, nomeou o proeminente republicano Quintino Bocaiuva ministro das Relações Exteriores. Bocaiuva destituiu na mesma hora o senador Lafaiete Rodrigues Pereira, ex-presidente do Conselho Imperial de Ministros, do posto de chefe da delegação brasileira na Conferência de Washington, e designou outro republicano, Salvador de Mendonça – como Bocaiuva, um dos signatários do Manifesto Republicano de 1870 –, cônsul-geral brasileiro em Nova York, desde maio de 1876. Mendonça recebeu a instrução um tanto vaga de seguir o "espírito americano" na Conferência de Washington.

O Manifesto Republicano de 1870 concluiu com a célebre declaração: "Somos da América e queremos ser americanos. A nossa forma de governo é, em sua essência e em sua prática, antinômica e hostil ao direito e aos interesses dos Estados americanos... Em tais condições, pode o Brasil considerar-se um país isolado, não só no seio da América, mas no seio do mundo. O nosso esforço dirige-se a suprimir este estado de coisas, pondo-nos em contato fraternal com todos os povos, e em solidariedade democrática com o continente de que fazemos parte." Para os republicanos, o Brasil era um país separado das repúblicas hispano-americanas e dos Estados Unidos não só pela geografia, história, idioma e cultura, mas, lamentavelmente, também pela escravidão e, acima de tudo, por sua forma de governo monárquica. A derrubada da Monarquia e a Proclamação da República (1889), um ano depois da abolição da escravidão, e a primeira Conferência Internacional dos Estados Americanos (1889-90) em geral são consideradas o marco inicial da "americanização" das relações políticas internacionais brasileiras. O Brasil havia simbolicamente se separado da Europa, do Velho Mundo, e enfim se juntado à América, ao Novo Mundo.

Durante a primeira e turbulenta década da República, os governos militares de Deodoro da Fonseca (1889-91) e Floriano Peixoto (1891-4) e os governos civis de Prudente de Morais (1894-8) e Campos Sales (1898-1902), por meio dos ministros brasileiros em Washington, Salvador de Mendonça (1890-8) e Joaquim Francisco de Assis Brasil (1898-1903), priorizaram o reforço da relação cada vez mais estreita do Brasil com os EUA. Alguns historiadores argumentam que houve também crescentes contatos políticos com as repúblicas da América espanhola, ou seja, uma "latino-americanização" das relações internacionais do Brasil, bem como crescentes contatos intelectuais e culturais e uma nova visão do país como parte da América Latina, uma desconfiança compartilhada do imperialismo político e cultural norte-americano, entre os intelectuais, escritores e artistas brasileiros, uma "consciência latino-americana" cada vez maior. Esse não é um argumento fácil de sustentar.[10]

De toda forma, é preciso lembrar que, durante as primeiras duas décadas da República, o Brasil manteve estreitas relações comerciais e financeiras com as principais potências europeias: Grã-Bretanha e França, mas agora também com a Alemanha. A Grã-Bretanha continuou sendo o principal parceiro comercial do Brasil, embora sua participação no mercado brasileiro tenha caído de 40 para 25-30%, devido à competição da Alemanha – cuja fatia de mercado chegou a 17,5% em 1913. Os EUA eram o principal mercado para as exportações brasileiras, mas em 1913 a Alemanha importava 14%, a Grã-Bretanha 13%, e a França 12%.

---

10 ❁ No artigo "Brazil into Latin America: The Demise of Slavery and Monarchy as Transnational Events", *in Luso-Brazilian Review* (2010), Ori Preuss (Universidade de Tel Aviv) argumenta: "Foi o efeito cumulativo dessas duas mortes, real e simbólica [a abolição da escravatura e o fim do Império], que finalmente deu origem a uma consciência latino-americana no Brasil [...] O colapso desses dois pilares da singularidade brasileira no subcontinente pode ser interpretado como duas rupturas interrelacionadas que acabaram virando um acontecimento histórico transformador, desarticulando a estrutura mental existente." No seu livro *Bridging the island: Brazilians' views of Spanish America and themselves, 1888-1912*, Frankfurt: Iberoamericana, 2011, ele escreve: "Por volta da primeira década do século XX, as elites brasileiras [políticas e intelectuais] chegaram a se perceber, de um jeito ou de outro, desejando ou não desejando, como latino-americanas." Infelizmente, Preuss dá poucos exemplos do que chama de "expressões explícitas de latino-americanismo".

A Grã-Bretanha ainda fornecia quase todos os empréstimos aos governos federal, estaduais e municipais do Brasil, e houve empréstimos pesados durante esse período. Em 1913, 85% da dívida pública brasileira provinha de empréstimos em Londres, e a Grã-Bretanha ainda era a fonte da maior parte dos investimentos estrangeiros diretos (65-75% do total de investimentos, triplicado entre 1895 e 1913), embora a essa altura já houvesse algum modesto investimento francês e alemão no Brasil. Entre a Proclamação da República e a Primeira Guerra Mundial, mais de dois milhões de imigrantes chegaram ao Brasil, em sua grande parte oriundos da Europa (Itália, Portugal, Espanha, Alemanha, *etc.*). Ao mesmo tempo, as influências culturais e intelectuais europeias, sobretudo francesas e britânicas, continuavam predominantes no Brasil. A elite política, social, intelectual e cultural brasileira pertencia a "uma cultura profundamente europeísta", conforme escreveu Jeffrey Needell na conclusão de seu estudo sobre a *belle époque* carioca. "A civilização eram a França e a Inglaterra."[11]

Os Estados Unidos ❁ Na última década do século XIX e na primeira do XX, os Estados Unidos se destacaram como potência regional frente ao México, à América Central e ao Caribe, com alguma ambição, embora ainda modesta, de aumentar sua influência na América do Sul. A afirmação da hegemonia norte-ame-

---

11 ❁ Ver Jeffrey D. Needell, *A Tropical Belle Époque: Elite Culture and Society in Turn of the Century Rio de Janeiro*, Cambridge, Cambridge University Press, 1987, pág. 236.

ricana no Hemisfério Ocidental foi assinalada pelo secretário de Estado Richard Olney no famoso comentário feito durante a crise venezuelana de 1895: "Os EUA são praticamente soberanos *neste continente*, e suas ordens são lei em relação aos assuntos nos quais exerce sua interposição" (grifo meu). A isso seguiu-se a intervenção norte-americana na guerra de independência de Cuba, em 1898, a anexação de Porto Rico e a criação de um protetorado norte-americano em Cuba, e o envolvimento dos EUA na separação do Panamá da Colômbia em 1903, além do pronunciamento anual do presidente Roosevelt ao Congresso em dezembro de 1904, que incluiu o chamado Corolário Roosevelt à Doutrina Monroe. "Os malfeitos crônicos, ou uma impotência que resulta no afrouxamento generalizado dos vínculos da sociedade civilizada", afirmou Roosevelt, "podem, na *América Latina* como em outros lugares, exigir em última instância a intervenção de alguma potência civilizada [...] No *hemisfério ocidental*, os Estados Unidos podem ser forçados, por maior que seja a sua relutância, a exercer um poder de polícia internacional" (grifo meu).

Os governos da América espanhola, de modo geral, reagiram com apreensão, suspeita e desconfiança a esse novo interesse dos EUA pelo hemisfério. Condenaram com veemência a guerra do país contra a Espanha, a anexação de Cuba e Porto Rico, a independência do Panamá e, sobretudo, a extensão feita por Roosevelt à Doutrina Monroe. A maioria apoiava uma doutrina alternativa. Em dezembro de 1902, na esteira do bloqueio naval anglo-ítalo-alemão à Venezuela, ao qual os EUA não se opuseram conforme as cláusulas da Doutrina Monroe original, alegando que este não constituía ameaça ao território venezuelano, Luis Maria Drago, ministro das Relações Exteriores da

Argentina, declarou que não podia haver justificativa para uma intervenção armada na América Latina por nenhuma das grandes potências, entre as quais os EUA agora se incluíam, fosse para coletar dívidas ou com qualquer outro objetivo.

Em dezembro de 1902, José Maria da Silva Paranhos Jr., barão do Rio Branco, foi nomeado ministro das Relações Exteriores pelo presidente eleito Rodrigues Alves. Rio Branco havia sido cônsul brasileiro em Liverpool por 20 anos (1876-96) e defensor dos interesses brasileiros nas questões de limites com a Argentina (Palmas) e com a França (Guiana Francesa/Amapá). As duas foram resolvidas favoravelmente ao Brasil, nas arbitragens internacionais em Washington (1893-5) e Genebra (1900). Por último, Rio Branco foi ministro em Berlim (1901-2).

O Brasil havia permanecido neutro na guerra de 1898 entre os Estados Unidos e a Espanha e fingido não ver a expansão territorial norte-americana no Caribe. Na crise a respeito da Venezuela, Rio Branco se uniu imediatamente aos EUA para se opor à Doutrina Drago. Desdenhava da ideia bolivariana de as repúblicas hispano-americanas poderem enfrentar juntas os EUA e limitar seu poder de interferir em seus assuntos. "A tão falada liga das repúblicas hispano-americanas para fazer frente aos Estados Unidos é pensamento irrealizável, pela impossibilidade de acordo entre povos em geral separados uns dos outros, e é até ridículo, dada a conhecida fraqueza e falta de recursos de quase todos eles", escreveu para o ministro interino brasileiro em Washington em janeiro de 1905.[12] Com relação ao Corolário Roosevelt à Doutri-

---

12 ❁ Rio Branco para Alfredo de Morais Gomes Ferreira, 31 de janeiro de

na Monroe, Rio Branco argumentou ainda, em longa entrevista concedida ao correspondente do *La Nación* no Rio de Janeiro em julho de 1906, que a ameaça norte-americana "é uma ficção" e que as principais nações sul-americanas, as que eram bem-governadas e pagavam suas dívidas (e que ficam muito longe dos Estados Unidos) – estava se referindo à Argentina e ao Chile, bem como ao Brasil –, não tinham nada a temer em relação à Doutrina Monroe de Roosevelt. Mas os EUA podem estabelecer a ordem e a estabilidade no resto da América espanhola, o que era necessário e também era do interesse nacional do Brasil. "Os países que não sabem se governar, que não têm elementos suficientes para evitar as contínuas revoluções e guerras civis [por exemplo, na América Central]", acrescentou, "[...] não têm razão de existir e devem ceder seu lugar a outra nação mais forte, melhor organizada, mais progressista, mais viril".[13] Teddy Roosevelt não poderia ter dito melhor!

Em 1896, Rio Branco escrevera para Arthur de Sousa Correia, ministro brasileiro em Londres: "Eu prefiro que o Brasil estreite as suas relações com a Europa a vê-lo lançar-se nos braços dos Estados Unidos."[14] Ao se tornar ministro das Relações

1905, citado em Clodoaldo Bueno, "Rio Branco e a política internacional de sua época", em Manoel Gomes Pereira (org.), *Barão do Rio Branco: 100 anos de memória*, Brasília: Fundação Alexandre Gusmão (FUNAG), 2012, pág. 271.

13 *La Nación*, 26 de julho, reproduzido no *Jornal do Commercio*, 4 de agosto de 1906. Citado em Bueno, "Rio Branco e a política internacional de sua época", *op. cit.*, pág. 274.

14 Citado em Clodoaldo Bueno, "O barão do Rio Branco e o projeto da Amé-

Exteriores, em dezembro de 1902, já reconhecia melhor as grandes mudanças geopolíticas, econômicas e culturais que vinham ocorrendo no mundo às vésperas do século XX, e o surgimento de novas potências econômicas, navais e militares – a Alemanha na Europa, os EUA nas Américas – que ameaçavam a hegemonia global britânica. No hemisfério ocidental, segundo o pensamento geoestratégico de Rio Branco, havia dois gigantes, ainda que, sem dúvida, desiguais: os EUA ao Norte, e o Brasil ao Sul. Ambos tinham áreas continentais; ambos dispunham de abundantes recursos naturais e imenso potencial econômico; ambos eram politicamente estáveis; e, sob esses e outros aspectos (história, idioma, cultura), ambos se diferenciavam da América espanhola. Interessava ao Brasil o alinhamento político com os EUA. Ao mesmo tempo, os EUA estavam se tornando mais importantes para o Brasil do ponto de vista econômico: já eram o principal mercado para as exportações brasileiras – café, e agora borracha –, e suas exportações para o Brasil em 1906-10 haviam triplicado em relação ao período 1888-90, representando agora quase 15%, em comparação a 5% no final do Império. Além disso, já se podiam ver os primeiros sinais de investimento direto norte-americano no Brasil. Nos quase dez anos como ministro das Relações Exteriores, até sua morte em 1912, período durante o qual serviu a quatro presidentes, Rio Branco buscou consolidar a reorientação da política externa brasileira em direção aos Estados Unidos iniciada na Conferência de Washington em 1889-90 e já firmada

---

rica do Sul", em Carlos Henrique Cardim & João Almino (orgs.), *Rio Branco, a América do Sul e a modernização do Brasil*, Brasília: FUNAG, 2002, pág. 388.

por Salvador de Mendonça e Assis Brasil. Em 1904, elevou o *status* da representação diplomática brasileira em Washington de legação a embaixada, e convidou Joaquim Nabuco para se tornar o primeiro embaixador brasileiro nos EUA.[15]

Em outubro de 1883, em um artigo no *La Razón* enviado de Londres, Nabuco havia expressado algum apoio à Doutrina Monroe norte-americana. A imprensa britânica, afirmava ele, via a América do Sul como

> *un territorio desocupado y apenas nominalmente poseído por dos razas inferiores [...] La doctrina de Monroe, más que la experiencia de Maximiliano en México, parece ser el obstáculo para que toda la prensa inglesa convierta la América del Sud em una África o Asia abierta a la codicia y a las tentativas aventureras del viejo mundo.*[16]

---

15 ❁ Em *Situação internacional do Brasil* (1913), Salvador de Mendonça comentou: "Quando, pois, o barão do Rio Branco mandou o sr. Joaquim Nabuco descobrir a América do Norte, ela já estava descoberta, medida e marcada [...] O barão do Rio Branco teve sempre a sina [...] de andar arrombando portas abertas." Citado em Steven Topik, "Lembrando e esquecendo: Joaquim Nabuco, Salvador de Mendonça e a amizade Brasil-Estados Unidos durante a Primeira República", Severino J. Albuquerque (org.), *Conferências sobre Joaquim Nabuco: Joaquim Nabuco em Wisconsin*, Rio de Janeiro: Bem-Te-Vi Produções Literárias, 2010, pág. 134.

16 ❁ *La Razón*, 26 de outubro de 1883, em José Murilo de Carvalho, Cícero Sandroni & Leslie Bethell (orgs.), *Joaquim Nabuco: Correspondente internacional 1882-1891*, 2 vols., Rio de Janeiro: Academia Brasileira de Letras e Editora Global, 2013, Vol. II, pág. 295.

Como dedicado monarquista, Nabuco tinha bons motivos para ser hostil aos Estados Unidos após 1889. O país era um modelo político para os republicanos brasileiros; o governo republicano buscava uma aproximação com os EUA; e durante a revolta naval de 1893-4, que foi uma tentativa de restaurar a Monarquia brasileira, os EUA apoiaram a "ditadura" de Floriano. "Agora se puseram sob a inscrição de Santo Monroe!", escreveu Nabuco em seu diário. "Acabam a guerra cedendo o Amazonas aos Estados Unidos em sinal de agradecimento e solidariedade americana. Com o México." [17] No livro *A intervenção estrangeira durante a revolta de 1893* (1896), ele alertou que "a intervenção, o socorro [...] é sempre na história o modo por que primeiro se projeta sobre um Estado independente a sombra do protetorado".[18] Em *A ilusão americana* (1893), seu amigo e também monarquista Eduardo Prado condenou com veemência o intervencionismo, o expansionismo territorial e a exploração econômica da América Latina pelos EUA. Sobre o livro, Nabuco confessou que gostaria de ter sido seu autor.[19]

Ao mesmo tempo, Nabuco havia se tornado – e permanecia – extremamente preocupado com as ameaças à integridade territorial do Brasil representadas pela ressurgência do imperialismo europeu desde o Congresso de Berlim, em 1885, mais evidente na

---

17 ❁ *Diários*, Vol. II, pág. 88: 5 de dezembro de 1893; Vol. II, pág. 81: 4 de novembro de 1893.

18 ❁ Joaquim Nabuco, *A intervenção estrangeira durante a revolta de 1893*, Rio de Janeiro, Leuzinger, 1896, pág. 260.

19 ❁ *Diários*, Vol. II, pág. 88: 5 de dezembro de 1893.

África e na Ásia, mas que representava uma ameaça potencial à América Latina. O Brasil fazia fronteira com três Estados europeus na Amazônia, e a soberania não europeia dos "territórios não-ocupados", como por exemplo a do Brasil na maior parte da Amazônia, vinha sendo cada vez mais contestada. Segundo essa visão, portanto, o imperialismo europeu, sobretudo inglês e alemão, era uma ameaça maior ao Brasil e à América espanhola do que o imperialismo norte-americano. Os EUA não buscavam colônias na América Latina, argumentou ele em um pós-escrito a *Balmaceda* (1895), seu estudo sobre a "ditadura" de José Manuel Balmaceda e a revolução chilena de 1891, porque isso causaria "um profundo desequilíbrio em seu sistema de governo e uma incalculável deterioração de sua raça". Além disso, ele passara a acreditar que, longe de constituir uma ameaça à independência do "nosso continente", a Doutrina Monroe era a melhor garantia de que não haveria "recolonização europeia da América. "No fundo, que é monroísmo", indagava ele. "O monroísmo parecia ser a promessa feita à América toda pela União Americana de que a Europa não adquiriria mais uma palma de terra no Novo Mundo."[20]

Como ministro brasileiro em Londres, em junho de 1901, Nabuco pediu ao amigo Tobias Monteiro, secretário do presidente na época, que disesse ao presidente Campos Sales que ninguém era "maior monroísta do que eu. Se não fosse o espantalho norte-americano [...] a Europa já estaria tratando a América do Sul

20 ❁ Joaquim Nabuco, *Balmaceda*, Rio de Janeiro: Leuzinger, 1895; São Paulo: Cosac Naify, 2008, José Almiro de Alencar (org.), pós-escrito: "A questão da América Latina", págs. 220-1.

como a China, a Ásia e a África".[21] Em dezembro de 1902, ele qualificou duas edições recentes de dois jornais publicados em Londres, o *Spectator* e o *Saturday Review*, de "repulsivas" (*disgusting*, em inglês): "Discute-se a partilha da América do Sul como se fosse a África. O Brasil parecem supor que já pertence à esfera alemã."[22] Não há dúvida de que a experiência de Nabuco e sua eventual derrota na arbitragem internacional das fronteiras do Brasil com a Guiana britânica (ver Capítulo 1) serviram para reforçar sua preocupação em relação às ameaças europeias ao território brasileiro. A decisão do rei Vitório Emanuel III, em 14 de junho de 1904, concedendo à Inglaterra três quintos do território disputado foi "um desastre" para o Brasil. A Amazônia virou "um campo vastíssimo para o estrangeiro". Caso arbitragens semelhantes fossem aplicadas a todo o território brasileiro, a soberania do "imenso todo chamado Brasil" estaria ameaçada; entre metade e dois terços de "nosso país [...] todos os nossos sertões desconhecidos ou desocupados" ficariam vulneráveis à penetração estrangeira.[23] Ele havia passado a acreditar com fir-

---

21 ❁ *Diários*, Vol. II, pág. 231: 15-16 de junho de 1901 (Nabuco para Tobias Monteiro, 14 de junho de 1901).

22 ❁ Nabuco para Tobias Monteiro, 15 de dezembro de 1902, em *Cartas a amigos*, Vol. I, 1864-1898, Vol. II, 1899-1909 (*Obras completas*, Vols. XIII e XIV), São Paulo: Instituto Progresso Editorial, 1949, Vol. II, pág. 140.

23 ❁ Nabuco para Rio Branco, 19 de julho; Nabuco para Maria Ana Soares Brandão, 21 de julho; Nabuco para Campos Sales, 3 de outubro; Nabuco para o presidente Rodrigues Alves, 7 de outubro de 1904, em *Cartas a amigos*, Vol. II, págs. 171, 173, 175 e 178.

meza em uma política externa brasileira baseada, acima de tudo, na amizade com os EUA e no apoio à Doutrina Monroe.

Ao receber o convite de Rio Branco para se tornar o primeiro embaixador brasileiro nos Estados Unidos, menos de uma semana após a decisão do rei da Itália sobre a questão da Guiana, Nabuco hesitou antes de aceitar o posto. Teria preferido mil vezes continuar servindo em Londres, Paris ou Roma, mas acabou concordado em ir para Washington devido a um forte desejo de "cooperar na fundação da nossa política americana".[24] Em resposta a uma carta do primo, o barão de Albuquerque, parabenizando-o pela nomeação que acabara de ser divulgada, escreveu: "estamos nas vésperas de uma nova era", "um sistema político do globo" estava substituindo "o antigo sistema europeu", e para que o Brasil aproveitasse isso ao máximo "o observatório de Washington é... o mais importante de todos".[25]

Nabuco apresentou suas credenciais de embaixador brasileiro ao presidente Theodore Roosevelt em Washington no dia 24 de maio de 1905. "Considero data 24 de maio 1905", disse ele a Rio Branco em um telegrama enviado no dia seguinte, "tão grande nossa ordem externa quanto 13 de maio 1888 [data da Lei Áurea, que aboliu a escravidão no Brasil] nossa ordem interna".[26] Em

---

24 ❀ *Diários*, Vol. II, pág. 335: Nabuco para Rio Branco, 23 de agosto de 1905.

25 ❀ *Cartas a amigos*, Vol. II, pág. 200: Nabuco para o barão de Albuquerque, 5 de janeiro de 1905; ver também Vol. II, pág. 207: Nabuco para Graça Aranha, 2 de fevereiro de 1905.

26 ❀ Telegrama, 25 de maio de 1905, em Nabuco para Rio Branco, nº 18, 30 de maio, em *Joaquim Nabuco, embaixador*, Vol. I.: *1905-1907*; Vol. II: *1908-1910*,

discurso no banquete em sua homenagem durante a Conferência Internacional de Estados Americanos – ocorrida no Rio de Janeiro em julho-agosto de 1906 com a presença de Elihu Root, secretário de Estado do segundo mandato de Roosevelt, com quem havia desenvolvido uma amizade próxima – Nabuco declarou que havia se dedicado a uma causa, as relações mais estreitas entre Brasil e Estados Unidos, as duas grandes repúblicas do Norte e do Sul, que passara a ocupar o vazio em sua alma deixado pela conquista bem-sucedida de outra grande causa (a abolição da escravatura no Brasil).[27]

Em dezembro de 1905, Nabuco escreveu ao presidente eleito Afonso Pena que teria satisfação em continuar servindo em Washington se a política do novo governo fosse "francamente americana". Caso contrário, "talvez fosse melhor não ter aqui um monroísta tão pronunciado como eu."[28] Havia dois *caminhos*

Rio de Janeiro, Centro de História e Documentação Diplomática/Brasília: FUNAG, 2011, Vol. I, pág. 30.

27 ❁ *Gazeta de Notícias*, 24 de julho de 1906, citado em João Frank da Costa, *Joaquim Nabuco e a política exterior do Brasil*, Rio de Janeiro, Record, 1968, pág. 93. Ver também o telegrama ao presidente Afonso Pena, 23 de janeiro de 1908, citado em Paulo José de Reis Pereira, "Idealismo continental e pragmatismo nacional na diplomacia de Joaquim Nabuco", *in* Kenneth David Jackson (org.), *Conferências sobre Joaquim Nabuco: Joaquim Nabuco em Yale*, Rio de Janeiro, Bem-Te-Vi Produções Literárias, 2010, pág. 202, nº 54: a aproximação com os Estados Unidos era "nossa causa nacional por excelência, como havia sido a abolição em outros tempos".

28 ❁ *Cartas a amigos*, Vol. II, pág. 230: Nabuco para Afonso Pena, 2 de dezembro de 1905.

possíveis para o Brasil, escreveu ele para Rio Branco no mesmo período, "o americano e o outro, a que não sei como chamar, se de latino-americano, se de independente, se de solitário. Eu, pela minha parte, sou francamente monroísta".[29] Tinha pouco entusiasmo com relação à América espanhola que, na sua visão, como veremos, era uma região ainda caracterizada pela anarquia, pela guerra civil e pelo *caudillismo*, o que dava às grandes potências europeias um pretexto para intervenção. Para Nabuco, a ascendência dos Estados Unidos no continente americano era "natural" e, de modo geral, benéfica. Em longa carta a José Carlos Rodrigues, dono e editor do *Jornal do Commercio*, ele escreveu:

> Para nós a escolha está entre Monroísmo e recolonização europeia [...] a única proteção da América é o *sea-power* que só os Estados Unidos têm nela. Monroísmo é assim a afirmação da independência e integridade nacional pelo único sistema que as pode garantir. Quero inteligência que pareça aliança tácita [...].[30]

O livro *A ilusão americana*, de Eduardo Prado, morto em 1901, que havia se tornado a Bíblia dos brasileiros hostis aos Estados Unidos (incluindo agora Salvador de Mendonça) e que ele um dia desejara ter escrito, era agora, segundo disse Nabuco ao

---

29 ❁ *Cartas a amigos*, Vol. II, pág. 238: Nabuco para Rio Branco, 19 de dezembro de 1905.

30 ❁ *Diários*, Vol. II, págs. 346-7: Nabuco para Rodrigues, 12 de dezembro de 1905.

amigo escritor e diplomata Graça Aranha, "um livrinho que nos faz muito mal, entretém no espírito público a desconfiança contra este país, nosso único aliado possível".[31]

A América Espanhola ❁ Nos primeiros anos da República, assim como nos do Império, o governo brasileiro não demonstrou nenhum grande interesse pelas repúblicas hispano-americanas, a não ser em três aspectos: primeiro, com relação a seus esforços (em geral bem-sucedidos) para solucionar pela negociação e, caso necessário, pela arbitragem, as disputas de fronteira pendentes com seus vizinhos imediatos na América do Sul; segundo, a extensão da representação diplomática na América espanhola (por exemplo, na Colômbia e no Equador em 1904, em Cuba e nas repúblicas da América Central em 1906); e terceiro, no que dizia respeito à busca de relações mais próximas com dois vizinhos em especial, Argentina e Chile.

Em setembro de 1889, dois meses antes da queda do Império, Brasil e Argentina haviam concordado em submeter sua disputa do território de Palmas, ou Misiones (Missões), à arbitragem norte-americana. Em fevereiro de 1895, o presidente Grover

---

31 ❁ *Cartas a amigos*, Vol. II, pág. 235: Nabuco para Graça Aranha, 17 de dezembro de 1905. Nabuco reclamou depois com Rio Branco de outro livro crítico ao imperialismo norte-americano, de autoria de Manoel Bomfim, que devia ser *A América Latina: Males de origem* (1905). "Você pode avaliar o mal que essa disfigura de tudo que é nosso, feita por um 'educador brasileiro', pode fazer à nossa reputação entre as classes ilustradas [deste] país." *Cartas a amigos*, Vol. II, pág. 302: Nabuco para Rio Branco, 18 de janeiro de 1908.

Cleveland atribuiu ao Brasil praticamente todo o território em disputa. Rio Branco, então em temporada de dois anos em Washington numa transferência temporária de Liverpool, fora o principal responsável pela apresentação bem-sucedida do pleito brasileiro. Ao se tornar ministro das Relações Exteriores, em dezembro de 1902, ele rejeitou a arbitragem internacional na longa disputa com a Bolívia pelo Acre, pois sabia que os argumentos brasileiros eram fracos. Ao mesmo tempo, evitou a conquista militar direta que em determinado momento parecia provável. Após oito meses de intensas negociações, por um tratado assinado em Petrópolis em novembro de 1903, a Bolívia cedeu o Acre ao Brasil em troca de uma indenização monetária e outras concessões. Um acordo com o Peru, que reivindicava uma parte significativa do Acre, foi estabelecido em 1904 mas ratificado formalmente só em 1909. Enquanto isso, Rio Branco negociou e assinou tratados com a Venezuela (1905), a Colômbia (1907), e por fim o Uruguai (1909), todos plenamente satisfatórios para o Brasil.

Às vésperas da República, Rio Branco temia que, com a introdução de um presidente eleito e de um sistema de governo federal, o Brasil fosse se tornar igual a

> todas essas ridículas repúblicas hispano-americanas [ele cita os exemplos da Venezuela, do México e da Colômbia] que quiseram macaquear os Estados Unidos da América, sem se lembrar que hispano-americanos ou português-americanos não são ingleses.

O Império do Brasil, "unido, grande, próspero e livre", causava inveja às "turbulentas repúblicas da América do Sul" e aos "súditos de Gusmões Blancos e Porfírios Dias".[32] Como ministro das Relações Exteriores, ele foi descrito em janeiro de 1905 pelo ministro norte-americano David Thompson como alguém que nutria "uma hostilidade considerável" pelos outros países da América do Sul, com a possível exceção do Chile, e que havia comentado em particular que "nenhum país de língua espanhola é bom, e nenhuma pessoa de sangue espanhol digna de confiança".[33]

Apesar disso, Rio Branco desejava estabilidade e paz na América do Sul, nem que fosse para frustrar os "sonhos imperialistas" e "projetos de hegemonia" das potências externas, e buscou boas relações com todos os vizinhos hispano-americanos do Brasil. Reconheceu que o Chile e a Argentina, em especial, haviam começado a ter avanços econômicos e políticos significativos nos últimos anos, e desenvolveu a ideia de um Pacto ABC (Argentina, Brasil e Chile), as três grandes nações da América do Sul, na sua opinião, unidas em uma frente comum para garantir a estabilidade política da região. Já havia acontecido uma troca de visitas oficiais entre os presidentes da Argentina e do Brasil: Júlio Roca esteve no Rio de Janeiro em agosto de 1889 e Campos Sales visitou Buenos Aires em outubro de 1900, e os sinais foram positivos pelo Pacto ABC até a posse do presidente argentino José Figueroa Alcorta, em janeiro

---

32 ❁ Rio Branco para barão Homem de Mello, 13 de setembro de 1887 (?), citado em Clodoaldo Bueno, "O barão do Rio Branco e o projeto da América do Sul", em Cardim & Almino (orgs.), *Rio Branco*, *op. cit.*, p. 359.

33 ❁ Citado em Joseph Smith, *Unequal Giants: Diplomatic Relations Between the United States and Brazil, 1889-1930*, Pittsburgh, University of Pittsburgh Press, 1991, págs. 62-3.

de 1906, e a nomeação de Estanislau Zeballos como chanceler pela terceira vez. Zeballos era hostil ao Brasil e a Rio Branco pessoalmente. Desconfiava do país por causa de seu tamanho e da sua população, três vezes a da Argentina, ao mesmo tempo em que demonstrava desprezo pela mistura racial e pelo atraso econômico e cultural brasileiros. Jamais aceitou a perda de Palmas. Via com suspeita a influência brasileira no Paraguai e Uruguai, e mantinha vivo o velho sonho argentino de reunificar o Vice-Reino do Prata. Ressentia-se das relações cada vez mais próximas do Brasil com os Estados Unidos, e ficou alarmado quando o Brasil, consciente da fraqueza militar em relação à Argentina e ao Chile, aumentou suas despesas navais e começou a modernizar sua Marinha.

Rio Branco seguia acreditando que uma aliança informal com a Argentina e o Chile era desejável, mas admitia que, no caso argentino, Zeballos havia dificultado as coisas. O Brasil mantinha excelentes relações com Chile, Uruguai, Bolívia e Paraguai. Entretanto, Rio Branco escreveu a Nabuco, em novembro de 1909, que sempre haveria "grandes preconceitos e desconfianças" contra o Brasil na América espanhola; o país precisava "conquistar o afeto e confiança" dos seus vizinhos.[34] As relações com a Argentina melhoraram com a renúncia de Zeballos, em junho de 1908, mas foi só com a eleição de Roque Sáenz Peña, em setembro de 1910, que Rio Branco conseguiu reavivar a ideia do Pacto ABC, que acabou tendo de abandonar.[35]

---

34 ❁ Rio Branco para Nabuco, telegrama, 22 de novembro de 1909, em *Joaquim Nabuco, embaixador*, Vol. II, pág. 244.

35 ❁ Um tratado ABC foi enfim assinado em Buenos Aires em maio de 1915 e

Durante as primeiras décadas da República, talvez houvesse uma maior consciência entre os intelectuais brasileiros a respeito do resto da América espanhola, da América do Sul pelo menos, especialmente a Argentina. Entretanto, não havia nenhuma clara consciência da América Latina (por exemplo, o México). Mas o interesse não era grande. Com certeza, poucos se identificavam com a América Latina. Eduardo Prado, em *A ilusão americana* (1893), foi um dos primeiros defensores da ideia de que o Brasil era "uma imensa ilha", um continente nele mesmo, diferente da América espanhola não apenas pela geografia, mas pela história, pela cultura e sobretudo pela língua. Quanto aos intelectuais hispano-americanos, com poucas exceções, mostravam pouco interesse pelo Brasil, não consideravam o país como parte da América Latina e, de modo geral, viam o Brasil de forma negativa.

Nabuco reconheceu que, com o estabelecimento da República, o Brasil fazia parte de "um sistema político mais vasto [...] [o Brasil] na América [...] [e] obrigado a estudar a marcha do continente [...] a pulsação continental [...] nosso continente".[36] Mostrava-se mais consciente do que antes em relação aos vizinhos hispano-americanos do Brasil, mas tinha deles uma visão inteiramente negativa. Esses países representavam para o Brasil um terrível alerta quanto aos males do governo republicano. "A República nos países latino-americanos", escreveu Nabuco na carta aberta "Por que continuo a ser monarquista" (setembro de

---

ratificado pelos congressos brasileiro e chileno, mas rejeitado pelo presidente argentino Hipólito Yrigoyen em 1916.

36 ❁ Nabuco, *Balmaceda*, *op. cit.*, p. 218.

1890), "é um governo no qual é essencial desistir da liberdade para obter a ordem", isto é, caudilhismo e ditadura militar. Em seu *Agradecimento aos pernambucanos* (1891), ele afirma:

> E lastimo a atitude suicida da atual geração, arrastada por uma alucinação verbal, a de uma palavra – *república* – desacreditada perante o mundo inteiro quando acompanha o qualificativo *sul-americana*.[37]

Sua correspondência e seus diários estão repletos de comentários semelhantes:

> Estamos sob um governo verdadeiramente paraguaio [...] Nunca eu pensei ver o Brasil rebaixado a um Paraguai, Uruguai, Equador, Argentina ou o que quiserem (julho de 1890).
>
> Estamos no redemoinho republicano da América. Somos um cadáver girando no sorvedouro da anarquia [...], vendo o Brasil tornar-se uma Venezuela, um México, uma Argentina, um Chile; propriedade do déspota do dia [...]; nos séculos futuros a América Latina há de ser *civilizada* ou não ser latina; o nosso dever consiste em manter na minoria o nível moral superior ao político, dissociar o desenvolvimento moral da incurável estagnação política (fevereiro de 1891).
>
> Como o Brasil se sul-americanizou depressa, e com que fúria! [...] Como isto é sul-americano, como se vê a degradação típica deste in-

37 Citada em Ângela Alonso, "Joaquim Nabuco, diplomata americanista", em José Vicente de Sá Pimentel (org.), *Pensamento diplomático brasileiro: Formuladores e agentes da política externa (1750-1964)*, 3 vols., Brasília: FUNAG, 2013, Vol. II, pág. 364.

feliz hemisfério – ao lado do despotismo bestial, o republicanismo imbecil do paraguaio! (outubro de 1893).[38]

Devido à estabilidade política, ao respeito pela liberdade e à rejeição do militarismo e da ditadura, Nabuco sempre considerara o Chile uma exceção entre as repúblicas da "raça espanhola", "um capricho de ordem moral na formação da América do Sul". Somente o Império brasileiro e a República Parlamentar chilena haviam evitado "o gênio sul-americano da ditadura", situação modificada, contudo, pela eleição de Balmaceda no Chile, em 1886, e pela derrubada de dom Pedro II, em 1889. No pós-escrito a *Balmaceda* (1895), "A questão da América Latina", Nabuco descreve a América Latina, que infelizmente agora incluía o Brasil, como "um vasto continente em estado permanente de desgoverno, de anarquia".[39]

Nabuco não era o único entre os principais intelectuais e escritores brasileiros da Primeira República a ver a América espanhola sob um viés tão negativo. Em *A ilusão americana*, Eduardo Prado também se mostrava hostil às repúblicas hispano-americanas. "Nem o Brasil físico, nem o Brasil moral", escreveu ele, "formam um sistema com aquelas nações" das quais o Brasil se

---

38 ❁ Nabuco para Rio Branco, 31 de julho de 1890, citado em Bueno, "O barão do Rio Branco e o projeto da América do Sul", em Cardim & Almino (orgs.). *Rio Branco, op. cit.*, pág. 388; *Diários*, Vol. II, págs. 34-5, 67-8: 28 de fevereiro de 1891, 16 de outubro de 1893.

39 ❁ Nabuco, *Balmaceda, op. cit.*, pós-escrito: "A questão da América Latina", págs. 215-6, 219.

distinguia por "diversidade da origem e da língua". O historiador Manuel de Oliveira Lima, pernambucano como Nabuco, foi um dos poucos intelectuais a representar o Brasil em um posto diplomático na América espanhola, passando um ano na Venezuela (1905-6). Em carta à irmã, ele descreveu Caracas sob o caudilho Cipriano Castro como "esse inferno pestífero", e em uma série de artigos publicados em *O Estado de S. Paulo* revelou uma visão no geral negativa (e racista) dos "países latinos do continente" em geral, à exceção de Argentina e Chile. "É inquestionável", escreveu, "que da América do Sul espanhola as nações onde o progresso é mais fraco são aquelas onde foi maior a importância de africanos, como a Venezuela e o Peru, ou foi muito mais forte a infiltração de sangue índio, como a Bolívia e o Equador, ao passo que a Argentina, onde o branco estrangeiro fez desaparecer o negro e o indígena, e o Chile, onde a aristocracia territorial se conservou à distância dos cruzamentos em que se deleitavam os *peones*, são incontestavelmente as nações mais ricas em promessas e mais abundantes em realidades".[40] Em seis palestras feitas na Universidade de Stanford em outubro de 1912, Oliveira Lima elaborou sua visão de que o Brasil e a América espanhola eram civilizações separadas "e com frequência hostis", embora defendesse a sua colaboração contra o poder crescente dos Estados Unidos.[41]

---

40 ❁ Ver Manuel de Oliveira Lima, *Impressões da América espanhola (1904--1906)*, Rio de Janeiro, José Olympio, 1953, págs. 41, 61-2.

41 ❁ Manuel de Oliveira Lima, *América latina e América ingleza: A evolução brasileira comparada com a hispano-americana e com a anglo-americana*, Li-

Embora argumentasse que "hispano-americanos também somos nós, pois Portugal é Espanha", o jornalista e crítico literário José Veríssimo, um dos poucos intelectuais brasileiros que tinha conhecimento sobre a literatura hispano-americana, também tinha uma opinião negativa em relação às repúblicas hispano-americanas, e demonstrava pouca identificação com a ideia de uma "confraternidade latino-americana".[42] Em *A América Latina* (1906), o crítico Sílvio Romero afirmou que apenas Argentina, Chile, e ocasionalmente Uruguai mereciam respeito. Estava respondendo a Manoel Bomfim, que em *A América Latina: Males de origem* (1905) havia adotado quase sozinho uma atitude positiva em relação à América espanhola e defendido a ideia de "fraternidade" e "solidariedade" entre esta e o Brasil. Entretanto, vinte anos depois, em *O Brasil na América: Caracterização da formação brasileira* (1929), Bomfim também já havia se desiludido com a América espanhola. A "América Latina" não passava de "uma designação geográfica" dentro da qual havia diferenças históricas, culturais e políticas irreconciliáveis entre, por um lado, o Brasil, e, por outro, "os chamados latino-americanos", "os neocastelhanos". O primeiro capítulo de *O Brasil na América*

---

vraria Garnier, s.d. [1913]; tradução inglesa *The Evolution of Brazil Compared with that of Spanish and Anglo-Saxon America*, 1914.

42 ❁ Ver "A regeneração da América Latina", (1902) e outros ensaios em *José Veríssimo, cultura, literatura e política na América Latina*, João Alexandre Barbosa (org.), São Paulo: Editora Brasiliense, 1986. Ver também Kátia Gerab Baggio. "José Verissimo: Uma visão brasileira sobre as Américas", Anais Eletrônicos do III Encontro da ANPHLAC, São Paulo, 1998.

tem o significativo título de "Portugal heroica", enquanto o último se intitula "Diferenças entre os neo-ibéricos".

A terceira Conferência Pan-Americana no Rio de Janeiro (1906) ❁ Desde o início, o Brasil apoiou com entusiasmo a ideia do pan-americanismo e deu total apoio aos EUA em todas as Conferências Pan-Americanas.[43] Muito pelo contrário, as repúblicas hispano-americanas foram temerosas, com razão, de que o pan-americanismo fosse uma ferramenta usada para ratificar a hegemonia política e econômica dos EUA e assegurar a futura exploração da região.

Apesar de cinco meses de parlamentações, a primeira Conferência Internacional de Estados Americanos em Washington (1889-90) não podia se gabar de muitas realizações tangíveis: não conseguiu criar nem um banco interamericano, nem uma moeda comum ou uma união alfandegária interamericana (um *Zollverein* americano), como desejavam os EUA, e fracassou também

---

43 ❁ Ver Leslie Bethell, "Conferências Pan-Americanas", em Alzira Alves de Abreu (org.), *Dicionário histórico-biográfico da Primeira República (1889-1930)*, Rio de Janeiro, CPDOC/FGV, 2012, *online*. Kátia Gerab Baggio, "A 'outra' América: A América Latina na visão dos intelectuais brasileiras das primeiras décadas republicanas", tese de doutorado inédita, Universidade de São Paulo, 1998, examina a atitude dos intelectuais brasileiros sobre a América Latina, isto é, a América Espanhola, e especialmente sobre o pan-americanismo. Ela os divide entre adversários (Eduardo Prado, Manuel de Oliveira Lima, José Veríssimo, Manoel Bomfim) e defensores (Joaquim Nabuco, Euclides da Cunha, Artur Orlando, Sílvio Romero).

em acordar um tratado para a arbitragem obrigatória das disputas interamericanas. Ainda assim, já ao final da Conferência, em 14 de abril de 1890 – declarado "Dia Pan-Americano" pelo presidente Hoover em 1930 –, os representantes concordaram em estabelecer uma União Internacional de Repúblicas Americanas, com uma secretaria permanente, o *Bureau*, que teria um diretor-geral norte-americano e escritórios no Departamento de Estado (daí o nome, dado por seus inimigos, de "Ministério das Colônias" norte-americano).[44] Em 5 de dezembro de 1899, às vésperas do décimo aniversário da União, o presidente William McKinley recomendou em sua mensagem anual ao Congresso a organização de uma segunda Conferência Internacional de Estados Americanos, dessa vez fora dos EUA; esta se realizou na Cidade do México em 1901-2. O Brasil participou com seu representante no México, o jurista pernambucano José Higino Duarte Pereira, que, no entanto, faleceu durante a Conferência e não foi substituído. As conquistas positivas dessa segunda Conferência também foram poucas.

Em novembro de 1905, em uma reunião do Conselho Diretor da União Internacional das Repúblicas Americanas, a Cos-

---

44 ❁ Em 1896, os representantes diplomáticos dos Estados latino-americanos em Washington haviam concordado em criar, dentro do *Bureau*, um comitê executivo permanente com cinco integrantes, presidido pelo secretário de Estado norte-americano. Em março de 1899, o comitê executivo foi substituído por um Conselho Diretor composto por todos os ministros latino-americanos junto aos EUA, novamente com o secretário de Estado norte-americano como presidente permanente.

ta Rica, apoiada por EUA e México – sedes das duas primeiras Conferências Pan-Americanas –, propuseram que a terceira se realizasse na América do Sul em julho de 1906. Apesar de leve oposição da Venezuela e feroz resistência da Argentina (a imprensa de Buenos Aires iniciou uma campanha para o país boicotar o evento), o Conselho escolheu por fim o Rio de Janeiro. Nabuco então convenceu o próprio Elihu Root a comparecer, um fato sem precedentes: seria a primeira visita oficial ao estrangeiro de um secretário de Estado norte-americano.

Como embaixador brasileiro em Washington, Nabuco via o Brasil, em certa medida, como interlocutor entre os Estados Unidos e a América espanhola/América Latina. Em junho de 1906, disse ao presidente Roosevelt desejar que sua estada na capital norte-americana simbolizasse não apenas uma nova era nas relações Brasil-EUA, mas também nas relações entre os EUA e todas as nações do continente, embora em fevereiro tenha declarado ao secretário Root durante um jantar na embaixada mexicana: "Você pode flertar com todos [os países da América Latina], mas espero que se case conosco."[45]

Nabuco considerou a visita de Root ao Rio, bem como os encontros planejados com dois presidentes brasileiros – Rodrigues Alves, então em final de mandato, e o presidente eleito Afonso Pena – e também com Rio Branco, que ocupava um cargo equivalente ao seu, um acontecimento de enorme significado político. No final de 1905, tanto em seu diário quanto na cor-

---

45 ❁ *Diários*, Vol. II, pág. 365: 11 de junho de 1906; Vol. II, pág. 359: 9 de fevereiro de 1906.

respondência com amigos, bem como com o próprio presidente Rodrigues Alves, expressou sua frustração crescente com o aparente fracasso de Rio Branco em dar à visita de Root "a importância que tem perante o mundo todo". A Conferência em si será "um acontecimento mínimo para o mundo e minimíssimo para nós ao lado daquele [a visita de Root]"; "a presença dele é que é o *acontecimento*, não a dos delegados". Instou ainda Rio Branco a aproveitar "a ocasião maior, única, de sua vida", "uma oportunidade única [...] para lançarem as primeiras bases sólidas de uma entente que acredito destinada a se tornar um dia em aliança".[46]

Como ministro das Relações Exteriores, Rio Branco tinha obrigação de ser mais flexível, mais pragmático, mais cauteloso do que seu embaixador em Washington. Embora, como vimos, não temesse uma intervenção norte-americana no Brasil, tinha algumas preocupações relacionadas ao Corolário Roosevelt à Doutrina Monroe e ao uso do *Big Stick* para consolidar a hegemonia norte-americana no hemisfério. Além disso, como explicou Manuel de Oliveira Lima (com base, segundo ele, em fontes confiáveis) em artigo escrito para o *Jornal do Recife* durante a Conferência no Rio (à qual não fora convidado):

---

46 ❁ *Diários*, Vol. II, pág. 346-7: Nabuco para José Carlos Rodrigues, 12 de dezembro, 17 de dezembro de 1905; *Cartas a amigos*, Vol. II, págs. 230, 235-6, 236-40: Nabuco para o presidente Rodrigues Alves, 2 de dezembro; Nabuco para Graça Aranha, 17 de dezembro; Nabuco para Rio Branco, 19 de dezembro de 1905. Nabuco para Rio Branco, 3 de janeiro de 1906, citada em Smith, *Unequal Giants*, *op. cit.*, p. 54.

> [o barão] não desejaria [...] ver imolar ao governo de Washington as nossas tradições europeias de interesses comerciais e econômicos e de laços morais formados pela descendência e pela cultura; nem sobretudo ver o Brasil reduzido à condição passiva de satélite, imposta por uma dura necessidade política ou pela fatalidade geográfica [...]. [Para ele] a amizade americana não deve significar a subalternação brasileira, isto é, a abdicação da nossa personalidade internacional mediante a supressão, em homenagem aos Estados Unidos, dos nossos juízos e preferências.[47]

Além do mais, Rio Branco entendia a importância das relações comerciais e financeiras do país com a Grã-Bretanha, a França, e, cada vez mais, também com a Alemanha, e a importância que ainda tinham os vínculos culturais do Brasil com a Europa. Por fim, como já se viu, Rio Branco também se identificava mais do que Nabuco com a América espanhola em geral, e com Argentina e Chile em particular, os dois países desconfiados com relação aos EUA e sua relação próxima com o Brasil.

A oposição de Oliveira Lima ao entusiasmo de Nabuco por relações cada vez mais estreitas com os EUA, à exclusão de todos os outros paises, era menos ambivalente e expressada de maneira mais aberta do que a de Rio Branco. Com efeito, uma carta dele a Nabuco enviada de Caracas em março de 1906, em que criti-

---

47 *Jornal do Recife*, 26 de agosto de 1906, citado em Barbosa Lima Sobrinho (org.), *Oliveira Lima: Obra seleta*, Rio de Janeiro, Instituto Nacional do Livro, 1971, pág. 115. Ver também Paulo Roberto de Almeida, "O barão do Rio Branco e Oliveira Lima: Vidas paralelas, itinerários divergentes", em Cardim & Almino (orgs.), *Rio Branco*, *op. cit.*, págs. 267-8.

cou "a política de excessivo americanismo" e alegou que esta não condizia com a opinião não só na América Latina, mas também no Brasil, inclusive do governo brasileiro ao qual ele próprio servia, encerrou a sua amizade. "Desde que o sr. estabelece como condição para me continuar a sua amizade ouvir eu 'as verdades' que me queira dizer", Nabuco respondeu, "não me é lícito insistir por aquele privilégio [...]. Quero que a nossa correspondência acabe, ficando todos os agravos dela à sua conta."[48]

Em uma fase anterior de sua carreira, no livro *Nos Estados Unidos: Impressões políticas e sociais* (1899) – baseado em artigos escritos para a *Revista Brasileira* e para o *Jornal do Commercio* enquanto servia na legação brasileira em Washington, entre 1896 e 1900 –, Oliveira Lima já havia expressado profunda admiração pelos EUA, sua crença na superioridade da civilização e cultura anglo-saxãs em relação às ibéricas, e até mesmo uma atitude positiva quanto à Doutrina Monroe, que protegia a América Latina contra o imperialismo europeu. Desde então, contudo, passara a considerar a política externa norte-americana "agressivamente imperialista" e o Corolário Roosevelt à Doutrina Monroe, declarado de forma unilateral, uma séria ameaça à soberania das nações latino-americanas que legitimava, e de fato incentivava, a intervenção dos EUA na região com vistas à anexação. Segundo escreveu em *Pan-Americanismo* (*Bolívar-*

---

48 ❁ Oliveira Lima para Nabuco, 18 de março de 1906, citado em Fernando da Cruz Gouveia, *Oliveira Lima: Uma biografia*, 3 vols., Recife, Instituto Arqueológico, Histórico e Geográfico Pernambucano, 1976, Vol. II, pág. 254; Nabuco para Oliveira Lima, 30 de março de 1906: *Cartas a amigos*, Vol. II, pág. 250.

-Monroe-Roosevelt) (1907) – baseado em artigos publicados em *O Diário de Pernambuco* e *O Estado de S. Paulo* em 1906 –, o que chamava de "rooseveltismo", "a edição última do monroísmo", e o pan-americanismo, uma tentativa de "latinizar o monroísmo", não passavam de uma política norte-americana para promover a "hegemonia hemisférica". A dominação da América Latina pelos EUA, acreditava ele, havia substituído a europeia, sobretudo a britânica, e o Brasil deveria demonstrar solidariedade com as repúblicas hispano-americanas em sua oposição a ela. Em artigo no jornal *A Província do Pará*, que produziu em Nabuco "uma irritação profunda, uma imensa decepção", Oliveira Lima não só defendeu a Doutrina Drago em oposição à Doutrina Monroe, mas argumentou que "a Argentina exerce hoje a hegemonia moral na América Latina".[49]

Em 1910, na ocasião da morte de Nabuco, Oliveira Lima escreveu em uma carta ao diplomata português Jaime Batalha Reis:

> Não gostei da última fase da vida dele [...] seu fictício ardor pela causa dos Estados Unidos da América. Ele chegara ao ponto [...] dizer que a América Latina teria assistido honrada e agradecida o protetorado americano![50]

49 ❁ Citado em Hélder Gordim da Silveira, *Joaquim Nabuco e Oliveira Lima: Faces de um paradigma ideológico da americanização nas relações internacionais do Brasil*, Porto Alegre: EDIPUCRS, 2003, pág. 283.

50 ❁ Citado em Humberto França, "Joaquim Nabuco nos Estados Unidos: A diplomacia pan-americanista, 1905-1910", em Severino J. Albuquerque (org.), *Joaquim Nabuco em Wisconsin*, *op. cit.*, págs. 87-8.

E em suas memórias, publicadas postumamente, refere-se a Roosevelt e Root como os "dois fetiches norte-americanos" de Nabuco. Em Washington, na sua opinião, Nabuco foi "americano *demais*, como em Londres fora *too British*, na Itália *too Roman* e na França seria *too French*". Oliveira Lima era contra o que chamava de "*entente ultra-cordiale*" de Nabuco entre EUA e Brasil.[51]

A terceira Conferência Pan-Americana, que trouxe Nabuco ao Brasil pela primeira vez em sete anos como chefe da delegação brasileira, se reuniu de 25 de julho a 27 de agosto de 1906 em um edifício batizado com o significativo nome de Palácio Monroe, construído para a ocasião, em grande parte com material do pavilhão brasileiro na Feira Mundial de St. Louis em 1903-4, que havia comemorado o centenário da aquisição da Louisiana pelos Estados Unidos. Vinte e um Estados, entre os quais Cuba e Panamá, foram convidados ao Rio de Janeiro, e apenas Venezuela e Haiti não compareceram. Nabuco foi nomeado presidente da Conferência, e Assis Brasil, ministro brasileiro em Buenos Aires, seu secretário-geral. Elihu Root e Rio Branco foram vice-presidentes honorários.

Assim como nas duas conferências anteriores, a que ocorreu no Rio em 1906 produziu poucos resultados concretos, tendo representado sobretudo um exercício destinado à manutenção de boas relações entre os Estados americanos. Nabuco conseguiu controlar com firmeza o antiamericanismo dos representantes

51 Oliveira Lima, *Memórias, estas minhas reminiscências* [Rio de Janeiro, José Olympio, 1937], Recife: Fundarpe, 1986, pág. 212.

hispano-americanos, dirigido sobretudo ao Corolário Roosevelt à Doutrina Monroe. A discussão da Doutrina Drago, proposta pela Argentina, acabou sendo adiada até a futura Conferência de Paz de Haia, onde tanto Rio Branco quanto Nabuco sabiam que seria rejeitada não só pelos EUA, mas também pelas potências europeias. Nabuco, porém, decepcionou-se com o discurso de abertura de Rio Branco na Conferência, uma vez que este decidiu enfatizar as raízes europeias e os vínculos europeus da América Latina. "Ela [a Europa] nos criou", declarou Rio Branco,

> ela nos ensinou, dela recebemos incessantemente apoio e exemplo, a claridade da ciência e da arte, as comodidades de sua indústria, e a lição mais proveitosa do progresso. O que, em troca desse inapreciável contingente moral e material, lhe pudemos dar, crescendo e prosperando, será, certamente, um campo mais importante para o emprego da sua atividade comercial e industrial.[52]

No discurso que fez durante a última sessão da Conferência, por sua vez, Nabuco declarou que a União Pan-Americana tinha atingido a maioridade, e que não restavam mais quaisquer resquícios de "antagonismo político entre América Latina e a União Americana".[53] Os EUA permaneciam relativamente indiferentes em relação à América Latina, ou pelo menos em relação à Amé-

52 Citado em Hélio Lobo, *O pan-americanismo e o Brasil*, Rio de Janeiro: 1939, págs. 70-1.

53 Carolina Nabuco, *Vida de Joaquim Nabuco por sua filha*, São Paulo: Companhia Editora Nacional, 1928, pág. 461.

rica do Sul (embora Root tenha visitado Buenos Aires, Santiago e Lima após a Conferência), e o temor e desconfiança hispano--americanos em relação aos EUA perduravam. No caso da Argentina e seu ministro das Relações Exteriores, Estanislau Zeballos, essa desconfiança se estendia também ao Brasil. Apesar disso, o *Bureau* da União Internacional dos Estados Americanos, que ele definiu quando de sua chegada a Washington como "um foco de conspiração e má vontade contra os Estados Unidos", havia se tornado "um campo de liça, em que os combatentes lutam pelo primeiro lugar na amizade e confiança americana".[54] Em maio de 1908, sentiu-se orgulhoso por participar, junto com o presidente Roosevelt e o secretário de Estado Root, do lançamento da pedra fundamental do novo prédio do *Bureau*, financiado por Andrew Carnegie e pelo governo norte-americano, responsável também por doar o terreno, entre a Casa Branca e Departamento de Estado, fato que, para alguns, simbolizava a perpetuação da dominação do sistema pan-americano pelos EUA.

A segunda Conferência de Paz de Haia (1907) ❁ Na segunda Conferência de Paz de Haia, em junho de 1907, estreia do Brasil no cenário mundial após a recusa do convite para participar da primeira edição do evento, em 1899, na mesma cidade, o país se identificou com a posição norte-americana em relação à Doutrina Drago, mas apoiou "as nações latino-americanas" contra os EUA quanto à questão central da representação igualitária na

---

54 ❁ *Diários*, Vol. II, págs. 431-2: Nabuco para José Carlos Rodrigues, 8 de junho de 1908.

Corte Internacional de Justiça ali proposta. Em resposta ao argumento norte-americano de que apenas as grandes potências deveriam ter representação permanente na Corte, o destacado jurista Rui Barbosa, chefe da delegação brasileira e presidente honorário da Conferência, de acordo com as instruções de Rio Branco, proferiu um discurso sensacional sobre a igualdade entre as nações, grandes e pequenas, diante do direito internacional, pelo qual foi elogiado não apenas no Brasil, mas em toda a América Latina.

Nabuco se viu quase sozinho em sua consternação diante da política brasileira em Haia. Em primeiro lugar, discordava do princípio da "igualdade absoluta de todas as nações nas deliberações internacionais". "Eu não penso que nas deliberações do gênero humano, em parlamento ou tribunal, o voto de uma fração de um ou dois milhões de homens deva ter o mesmo peso que o de outra de cinquenta ou oitenta milhões", escreveu a Rui Barbosa. "Isso não seria igualdade, mas desigualdade, pois nenhum contrato de sociedade é feito sem atenção à lei de proporção." "Uma coisa é o Brasil esforçar-se para entrar para o círculo diretor da humanidade", escreveu ainda ao cunhado Hilário de Gouveia, "outra é reclamar para Honduras, Haiti e Panamá, *etc.*, a mesma situação que tiver a Inglaterra, a Alemanha, os Estados Unidos, *etc.*" A expressão "o mundo civilizado" é substituída por "humanidade" em carta semelhante para Graça Aranha. Em cartas para Rio Branco e Rui Barbosa, ressaltou esse ponto com relação à União Pan-Americana em que todas as repúblicas eram iguais, revelando, ao mesmo tempo, as dúvidas que ainda nutria quanto ao Conselho Diretor do *Bureau*, e sobretudo quanto a seus membros hispano-americanos. Assim, "o voto de

Nicarágua anula o dos Estados Unidos", "a ilha de Haiti (*sic*) vale mais do que o Brasil, anula o nosso voto com as duas republiquetas", "o Brasil vale menos que duas quaisquer repúblicas da América Central". Além disso, enquanto a América inglesa, ou seja, os EUA, tinha um voto, e a América portuguesa, ou seja, o Brasil – que por um milagre histórico permanecera unificado – também um, a América espanhola, devido a seu "fracasso histórico" e "fragmentação" à época de sua independência, tinha 18 votos! Os países de língua espanhola tinham ainda "uma tendência natural de formar uma unidade com perto de vinte votos contra nosso voto único".[55] O EUA e o Brasil eram "as principais repúblicas do hemisfério", mas na União Internacional de Estados Americanos o Brasil não podia reivindicar "o lugar privilegiado" junto aos EUA, como Nabuco sentia que merecia.

Em segundo lugar e, na sua opinião, de um ponto de vista imediato, mais importante ainda, Nabuco temia que a decisão do Brasil de se alinhar às repúblicas hispano-americanas contra os EUA em Haia quanto à questão da Corte Internacional iria afetar "a confiança que inspiramos aos Estados Unidos". Ao mesmo tempo em que deplorava o modo como Barbosa era agora tratado pela imprensa norte-americana ("grosseira e estupidamente"), ele fazia um alerta quanto ao triunfalismo brasileiro, que só faria aumentar o ressentimento e a má vontade norte-

55 ❁ Nabuco para Rui Barbosa, 26 de agosto; Nabuco para Hilário de Gouveia, 10 de setembro; Nabuco para Graça Aranha, 2 de setembro; Nabuco para Rio Branco, 20 de outubro; Nabuco para Rui Barbosa, 22 de outubro de 1907: *Cartas a amigos*, Vol. II, págs. 284, 286, 288, 291 e 294.

-americanos em relação ao Brasil e enfraquecer a relação entre os dois países. "Não devemos parecer querer sair da Conferência vitoriosos contra os Estados Unidos", escreveu em seu diário.

> Derrotar os Estados Unidos é uma glória néscia para qualquer nação [...]. Há muita coisa que nos irrita, melindra e aborrece por parte dos Estados Unidos, mas devemos compreender que a nossa única política externa é conquistar-lhes a amizade.[56]

Preveniu Rio Branco:

> Se o povo americano se convencesse de que lhe desejamos mal, nossa integridade não valeria muito. Como defender Fernando de Noronha melhor do que Colômbia a Panamá?[57]

Nabuco temia que "nosso amigo", como se referia a Rio Branco na correspondência com Hilário de Gouveia, "um grande virtuose em diplomacia", "serviu-se de Haia para fazer política sul-americana, popularidade e legenda nacional".[58] A Conferência de Haia, disse ele a Graça Aranha em dezembro, "desfez todo o meu trabalho, que nunca considerei permanente". Em meados do ano seguinte, sentindo-se "inteiramente isolado", escreveu para

---

56 ❁ Nabuco para Graça Aranha, 2 de setembro de 1907: *Cartas a amigos*, Vol. II, pág. 288; *Diários*, Vol. II, págs. 408-10: 4-6 de setembro de 1907.

57 ❁ *Cartas a amigos*, Vol. II, pág. 300: Nabuco para Rio Branco, 18 de janeiro de 1908.

58 ❁ *Diários*, Vol. II, pág. 411: 10 de outubro de 1907.

Graça Aranha que "a Haia acabou com a pouca simpatia que a aproximação americana aí [no Brasil] inspirou um momento. Parece-me estar pregando no deserto. Isso para mim é um verdadeiro dissabor. [...] Tenho muito medo que a ideia americana tenha perdido terreno aí. Há muita coligação contra ela. Cada vez, porém, estou mais convencido de que não temos outra política externa possível". Seu receio era que o Brasil (Rio Branco?) estivesse pretendendo substituí-la por "outras alianças"; e isso significaria que o país (Rio Branco?) pudesse "desconhecer a marcha do mundo e não ter o instinto da nossa própria conservação".[59]

"Entre a Europa e a América", Nabuco discorreu para o amigo Alexandre Barbosa Lima, ex-governador de Pernambuco, "por bem ou por mal, não há escolha para nenhuma nação da América Latina [...]. Na América (quando não fosse por outra causa pela exceção da língua, que nos isola do resto da ibero-América, como separa Portugal da Espanha) não podemos hesitar entre os Estados Unidos e a América espanhola", acrescentando ainda que a aliança tácita com os EUA era "o alfa e o ômega da nossa política externa".[60] Para Nabuco, a "tríplice aliança sul-

---

59 ❁ Nabuco para Graça Aranha, 5 de dezembro de 1907, 18 de agosto de 1908, 28 de setembro de 1908, citado em Anco Márcio Tenório Vieira, "O abolicionismo, o pan-americanismo e o valor da experiência empírica em Joaquim Nabuco: Notas para uma correspondência", baseado na correspondência entre Nabuco e Graça Aranha de 1898 a 1909, em Helenilda Cavalcanti e Sylvia Couceiro (orgs.), *Joaquim Nabuco e nossa formação*, Recife: Fundação Joaquim Nabuco/Editora Massangana, 2012, págs. 83-4.

60 ❁ *Cartas a amigos*, Vol. II, pág. 277: Nabuco para Alexandre Barbosa Lima, 7 de julho de 1907.

-americana" de Rio Branco, e na verdade "qualquer aliança sul-americana", eram "absurdo", "fatal", e teriam "consequências desastrosas"; chegou a dizer isso a Rio Branco. Transferir o "eixo de segurança" do Brasil dos EUA para o rio da Prata causaria "desconfianças e atritos" em Washington e incentivaria a Alemanha, uma nova ameaça potencial, a pensar que a América do Sul estava excluída da proteção da Doutrina Monroe. Ele só havia aceitado o posto em Washington "para fazer nele política de aproximação americana, e para ela a nossa aliança com a Argentina e o Chile, que não fosse uma pura cortesia [...] seria o dobre fúnebre".[61]

Em dezembro de 1908, Rio Branco disse a Nabuco que a amizade com os EUA era desejável, mas que

> só existe nas bonitas palavras que temos ouvido a Roosevelt [presidente] e a Root [secretário de Estado]. A amizade firme com que podemos contar nos momentos difíceis creio que será unicamente a do Chile.[62]

As relações com a Argentina permaneciam complicadas muito embora o feroz opositor do Brasil, Estanislau Zeballos, não

61 ❁ *Cartas a amigos*, Vol. II, págs. 301-2: Nabuco para Rio Branco, 18 de janeiro de 1908. Ver também Nabuco para Afonso Pena, 19 de janeiro de 1908, e Nabuco para Gomes Ferreira, 18 de julho de 1908, citadas em Pereira, "Idealismo continental...", Jackson (org.), *Conferências sobre Joaquim Nabuco*, *op. cit.*, págs. 196-7.

62 ❁ Rio Branco para Nabuco, telegrama, 8 de dezembro de 1908, em *Joaquim Nabuco, embaixador*, Vol. II, pág. 126.

fosse mais ministro das Relações Exteriores, mas pelos menos ele não conseguira separar o Chile do Brasil. Em janeiro, "cansado e desiludido da minha missão", Nabuco disse a Hilário de Gouveia que Rio Branco estava pensando em substituí-lo ("em dar-me o meu 13 de maio") em parte devido à sua "orientação diferente": "Ele confia na Alemanha, na França, na Itália, no Chile, na Argentina, não sei em quem mais, e eu só confio nos Estados Unidos."[63]

Pouco depois, contudo, Nabuco foi escolhido como chefe da delegação brasileira que iria a Buenos Aires para a quarta Conferência Internacional dos Estados Americanos, marcada para julho de 1910, centenário da independência argentina. Seu plano ousado era apresentar uma medida para defender os Estados Unidos contra a acusação de imperialismo na América Latina e reconhecer e aplaudir a Doutrina Monroe, "um fator permanente da paz externa do continente americano [...] grande irmã do Norte [...] reconhecimento por aquela nobre e desinteressada iniciativa de tão grandes benefícios para todo o Novo Mundo",[64] sem muita esperança de que fosse apoiada pelas repúblicas hispano-americanas. A nomeação de Zeballos, "nosso inimigo e caluniador" – que afirmara poucos dias antes que o Brasil deseja-

---

63 ❁ *Cartas a amigos*, Vol. II, pág. 330: Nabuco para Hilário de Gouveia, 19 de janeiro de 1909.

64 ❁ 6 de setembro de 1909, rascunho, *Joaquim Nabuco, embaixador, op. cit.*, Vol. II, pág. 226. Ver também Gélson Fonseca Jr., "Rio Branco diante do Monroísmo e do Pan-Americanismo: anotações", *in* Manuel Gomes Pereira (org.), *Barão do Rio Branco, op. cit.*, págs. 571-2.

va conquistar não apenas o Uruguai e o Paraguai, mas também as províncias argentinas de Corrientes e Entre Ríos –, para chefiar a delegação argentina foi "inconveniente",[65] como reclamou com Rio Branco. O Brasil ameaçou não participar da conferência. No fim das contas, uma delegação foi enviada a Buenos Aires, mas sem Nabuco, que havia morrido em Washington seis meses antes. Sua proposta em relação à Doutrina Monroe não foi discutida.

Reflexões finais ❁ Os anos de 1908 e 1909, nos quais as preocupações de Nabuco com a saúde adquiriram crescente importância, foram dedicados, além dos deveres diplomáticos, a uma série de palestras a que foi convidado a pronunciar em importantes universidades norte-americanas (ver Capítulo 1). Duas delas, em especial – "*The Approach of the two Americas*" (A abordagem das duas Américas), proferida em Chicago, a 28 de agosto de 1908, e "*The Share of America in Civilization*" (A contribuição da América à civilização), na Universidade de Wisconsin, em Madison, a 23 de junho de 1909 e lida por outra pessoa, já que na ocasião Nabuco se encontrava adoentado demais para viajar –, deram-lhe uma oportunidade para refletir sobre os Estados Unidos e sua civilização.[66]

Em *Minha formação* (1900), Nabuco havia argumentado que os Estados Unidos ainda estavam muito atrás da Europa em ma-

65 ❁ Nabuco para Rio Branco, 3 de setembro de 1909, *Joaquim Nabuco, embaixador, op. cit.*, Vol. II, pág. 225.

66 ❁ *Discursos e conferências nos Estados Unidos*, tradução de Artur Bomilcar, Rio de Janeiro: B. Aguila, 1911; *Camões e assuntos americanos: Seis conferências*

téria de civilização intelectual e cultural, talvez até material, e que a humanidade não perderia muito, caso o país desaparecesse de repente da face da terra:

> Tudo [...] sugere grandes inovações futuras, mas não existe ainda o menor sinal de que a elaboração do destino humano ou a revelação superior feita ao homem tenha um dia que passar para os Estados Unidos.[67]

Uma década mais tarde, Nabuco havia se tornado um grande admirador da civilização norte-americana, que considerava em essência uma extensão da europeia, sobretudo da inglesa.

Na palestra de Madison, em junho de 1909, Nabuco declarou que, embora "muito provavelmente o destino da humanidade no fim das contas fosse o mesmo se os Estados Unidos nunca tivessem dado o ar de sua graça", sem eles muito do que já fora acrescentado à civilização não existiria. Mencionou não apenas

---

em universidades americanas, tradução de Carolina Nabuco, São Paulo: Companhia Editora Nacional, 1940. A palestra de Wisconsin foi publicada na *American Historical Review* (out. 1909) e em português na primeira edição da *Revista Americana*, periódico criado e financiado pelo Itamaraty durante uma década, até 1919, cujo objetivo era aprofundar o intercâmbio político e cultural entre Brasil, América espanhola e Estados Unidos. Nele eram publicados artigos em espanhol e português, alguns assinados por críticos hispano-americanos da política externa brasileira, mas a maioria escrita por brasileiros identificados tanto com as relações próximas entre Brasil e EUA quanto com o pan-americanismo.

67 ❁ *Minha formação*, *op. cit.*, pág. 142.

o bem-estar material, mas também a individualidade e a liberdade ("nascida de semente inglesa [...] caracteristicamente anglo-saxônica"), a democracia ("novidade genuína [...] distintamente americana"), a educação pública ampla e gratuita, a imigração ("a maior força da civilização [...] sem dúvida força americana"), o "respeito à mulher [...] em oposição à tendência geral", e por último, mas nem por isso menos importante, a "igualdade de condições sociais entre todas as classes da nação". Na sua opinião, contudo, não havia prova alguma de que a hegemonia intelectual e cultural estivesse se deslocando da Europa para os EUA. "A Europa não começou a decair", declarou. "Durante muitos séculos, Europa e América vão liderar juntos."

Nabuco assim concluiu sua palestra em Madison: "Falando em América, o tempo todo considerei a parte como o todo e falei apenas nesse país [os Estados Unidos]. É prematuro falar sobre o papel designado à América Latina pela história." Não deixou claro se estava incluindo o Brasil na América Latina. Entretanto, no último telegrama para Rio Branco, dois dias antes de falecer em 17 de janeiro de 1910, em Washington, Nabuco insistiu que havia não duas, mas três Américas: a inglesa, a espanhola e a portuguesa.[68]

❁ ❁ ❁

68 ❁ Nabuco para Rio Branco, telegrama, 15 de janeiro de 1910, *in Joaquim Nabuco, embaixador*, *op. cit.*, Vol. II, pág. 266.

BIBLIOGRAFIA

Fontes primárias ❁ Joaquim Nabuco

• *Cartas a amigos*. Vol. I, 1864-1898, Vol. II. 1899-1909 (*Obras completas* Vols. XIII e XIV) São Paulo: Instituto Progresso Editorial, 1949.

• *A escravidão* [1870]. *Revista do Instituto Histórico e Geográfico Brasileiro* Vol. 204, 1949; 2ª. ed. Recife: Fundação Joaquim Nabuco/ Editora Massangana, 1988; Rio de Janeiro: Nova Fronteira 1999.

• *Diários*. Vol. I *1873-1888*, Vol. II *1889-1910* Rio de Janeiro: Bem-Te-Vi Produções Literárias/Recife: Editora Massangana, 2005, prefácio e notas de Evaldo Cabral de Mello.

• *Discursos parlamentares, 1879-1889*. São Paulo: Instituto Progresso Editorial, 1949. *Obras completas*, Vol. XI.

• *O abolicionismo*. Londres: Abraham Kingdon, 1883; Rio de Janeiro: Nova Fronteira, 1999; Brasília: Editora UnB, 2003.

• *Campanha abolicionista no Recife (eleições de 1884)*. Rio de Janeiro, 1885. 2ª ed., Recife: Fundação Joaquim Nabuco/Editora Massangana, 1988. 3ª ed., Brasília: Senado Federal/Rio de Janeiro: Fundação Casa de Rui Barbosa, 1992.

• *Campanhas de imprensa, 1884-1887*. São Paulo: Instituto Progresso Editorial, 1949. *Obras completas*, Vol. XII.

• *A intervenção estrangeira durante a revolta de 1893*. Rio de Janeiro: Leuzinger, 1896.

• *Balmaceda*. Rio de Janeiro: Leuzinger, 1895; São Paulo: Cosac Naify, 2008, José Almino de Alencar (org.).

• *Minha formação*. Rio de Janeiro: Garnier, 1900; Brasília: Senado Federal, 1998 (introdução de Gilberto Freyre); Rio de Janeiro: Topbooks, 1999 (introdução de Evaldo Cabral de Mello); São Paulo: Editora 34, 2012 (introdução de Alfredo Bosi).

• *Discursos e conferências nos Estados Unidos*. Trad. Artur Bomilcar. Rio de Janeiro: B. Aguila, 1911; *Camões e assuntos americanos: seis conferências em universidades americanas*. Trad. Carolina Nabuco. São Paulo: Companhia Editora Nacional, 1940.

• *Joaquim Nabuco e os abolicionistas britânicos. Correspondência 1880-1905*. Leslie Bethell & José Murilo de Carvalho (orgs.). Rio de Janeiro: Topbooks e Academia Brasileira de Letras, 2008.

• *Abolicionistas brasileiros e ingleses. A coligação entre Joaquim Nabuco e a British and Foreign Anti-Slavery Society* (1880-1902). Antônio Penalves Rocha (org.). São Paulo: UNESP, 2008.

• *Essencial Joaquim Nabuco*. Evaldo Cabral de Mello (org.). São Paulo: Penguin Classics/Companhia das Letras, 2010.

• *Joaquim Nabuco, embaixador*. Vol. I 1905-1907, Vol. II 1908-1910 Rio de Janeiro: CHDD/Brasília: FUNAG, 2011.

• *Joaquim Nabuco: Correspondente internacional 1882-1891*. José Murilo de Carvalho, Cícero Sandroni & Leslie Bethell (orgs.). 2 vols. Rio de Janeiro: Academia Brasileira de Letras/São Paulo: Editora Global, 2013.

Fontes secundárias ❁ Sobre Nabuco

• ALONSO, Ângela. *Flores, votos e balas. O movimento abolicionista brasileiro* (1868-88). São Paulo: Companhia das Letras, 2015.

• ______. *Joaquim Nabuco*. São Paulo: Companhia das Letras, 2007.

• ______. "O abolicionista cosmopolita. Joaquim Nabuco e a rede abolicionista transnacional", *in Novos Estudos* CEBRAP 88 (novembro de 2010), págs. 55-70.

• ______. "Joaquim Nabuco; diplomata americanista", *in* José Vicente de Sá Pimentel (org.), *Pensamento diplomático brasileiro. Formuladores e agentes da política externa* (1750-1964). 3 vols., Brasília: FUNAG, 2013, Vol. II, págs. 359-403.

• ANDRADE, Olímpio de Souza. *Joaquim Nabuco e o Pan-Americanismo*. São Paulo: 1950; 2ª ed., *Joaquim Nabuco e o Brasil na América*. São Paulo: 1978.

• CAVALCANTI, Helenilda & COUCEIRO, Sylvia (orgs.). *Joaquim Nabuco e nossa formação*. Recife: Fundação Joaquim Nabuco/Editora Massangana, 2012.

• *Conferências sobre Joaquim Nabuco*, 2 vols.: *Joaquim Nabuco em Yale*, Kenneth David Jackson (org.); *Joaquim Nabuco em Wiscon-*

sin, Severino J. Albuquerque (org.). Rio de Janeiro: Bem-Te-Vi Produções Literárias, 2010.

• COSTA, João Frank da. *Joaquim Nabuco e a política exterior do Brasil*. Rio de Janeiro: Gráfica Record Editora, 1968.

• DENNISON, Stephanie. *Joaquim Nabuco. Panamericanism and Nation-building in the Brazilian Belle-Époque*. Berlin: Peter Lang, 2006.

• FREYRE, Gilberto. *Em torno de Joaquim Nabuco*. Edson Nery da Fonseca (org.). São Paulo: A Girafa, 2010.

• NABUCO, Carolina. *Vida de Joaquim Nabuco, por sua filha*. São Paulo: Companhia Editora Nacional, 1928.

• NOGUEIRA, Marco Aurélio. *O encontro de Joaquim Nabuco com a política. As desventuras do liberalismo*. São Paulo: Paz e Terra, 2010.

• PEREIRA, Paulo José dos Reis. *A política externa da Primeira República e os Estados Unidos. A atuação de Joaquim Nabuco em Washington (1905-1910)*. São Paulo: Editora Hucitec, 2006.

• SALLES, Ricardo. *Joaquim Nabuco. Um pensador do Império*. Rio de Janeiro: Topbooks, 2002.

• SILVEIRA, Helder Gordim da. *Joaquim Nabuco e Oliveira Lima: faces de um paradigma ideológico da americanização nas relações internacionais do Brasil*. Porto Alegre: EDIPUCRS, 2003.

• VIANA FILHO, Luiz. *A vida de Joaquim Nabuco*. São Paulo: Companhia Editora Nacional, 1952.

Bem-Te-Vi Produções Literárias Ltda.
Estrada da Gávea 712 | sala 502 | São Conrado
CEP 22610 002 | Rio de Janeiro RJ
e-mail: bem-te-vi@bem-te-vi.net
www.editorabemtevi.com.br

Editora responsável
Vivi Nabuco

Editor executivo
Sebastião Lacerda

Assessor especial
Fernando Pedreira

Design gráfico e capa
Ouro sobre Azul • Ana Luisa Escorel

Diagramação
Ouro sobre Azul • Ana Luisa Escorel • Erica Leal

Copydesk
Sônia Sant'Anna

Revisão
Mauro Borges

Coordenadora de projetos
Liana Pérola Schipper

Produção gráfica
Marcello Braga Machado

Apoio à produção
Pêtty Azeredo
Evandro José Salvino

Assessoria jurídica
Manoel Nabuco

Conselho consultivo da Bem-Te-Vi
Ana Arruda Callado
Anna Letycia
Armando Freitas Filho
Cláudio Mello e Souza, *in memoriam*
Gilberto Velho, *in memoriam*
Luiz Paulo Horta, *in memoriam*
Marco Lucchesi
Mário Carneiro, *in memoriam*
Moacir Werneck de Castro, *in memoriam*
Ricardo Cravo Albin
Sérgio Augusto
Sérgio Rodrigues, *in memoriam*
Silviano Santiago
Vera Pedrosa

Esta edição respeita o Acordo Ortográfico da Língua Portuguesa em vigor desde 2009.

Foi feito o Depósito Legal junto à Fundação Biblioteca Nacional.

Colofão
Este livro foi composto em Adobe Caslon Pro Regular c. 11 / 16.11 e impresso em Pólen Bold 90g/m² na Cromosete Gráfica e Editora Ltda. para a Bem-Te-Vi Produções Literárias, em 2016.

CIP-BRASIL. CATALOGAÇÃO NA PUBLICAÇÃO
SINDICATO NACIONAL DOS EDITORES DE LIVROS, RJ

B466j
Bethell, Leslie, 12.03.1937-
Joaquim Nabuco no mundo : abolicionista, jornalista e diplomata / Leslie Bethell.
- 1. ed. - Rio de Janeiro : Bem-Te-Vi, 2016.
232 p.

Inclui bibliografia
ISBN 978-85-88747-51-7

1. Crônica brasileira. II. Título.

16-31481 CDD: 869.98
CDU: 821.134.3(81)-3

21/03/2016 22/03/2016